Tru and Nelle

杜鲁与妮尔

〔美〕格雷格·内里 著

夏丽娜 译

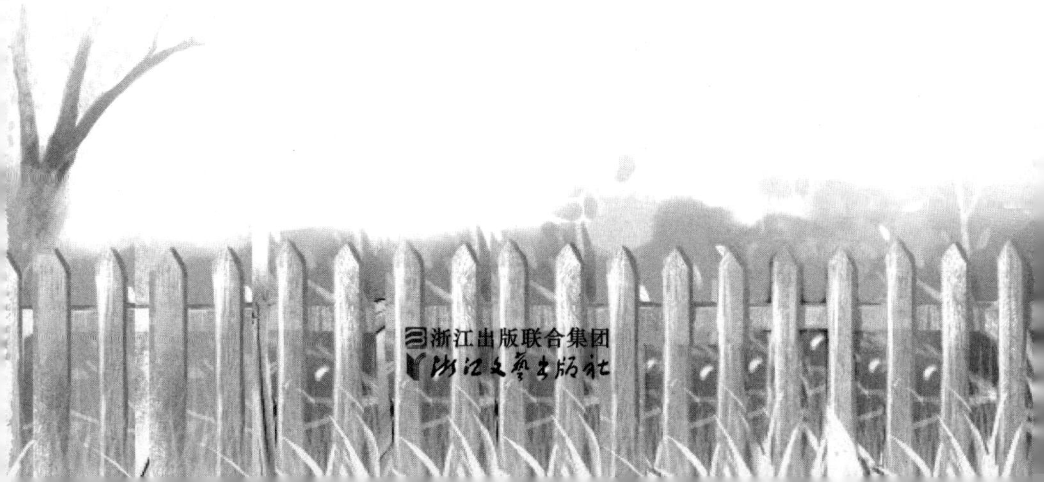

浙江出版联合集团
浙江文艺出版社

图书在版编目（CIP）数据

杜鲁与妮尔 /（美）格雷格·内里著；夏丽娜译. —杭州：浙江文艺出版社，2018.2

ISBN 978-7-5339-5045-3

Ⅰ.①杜… Ⅱ.①格… ②夏… Ⅲ.①长篇小说—美国—现代 Ⅳ.①I712.45

中国版本图书馆 CIP 数据核字（2017）第 245474 号

杜鲁与妮尔

作　　者：〔美〕格雷格 · 内里
译　　者：夏丽娜
责任编辑：柳明晔　童潇骁
封面设计：李　佳
插　　画：陈玲玲

出版发行：浙江文艺出版社
地　　址：杭州市体育场路 347 号
网　　址：www.zjwycbs.cn
经　　销：浙江省新华书店集团有限公司
印　　刷：绍兴越生彩印有限公司
版　　次：2018 年 2 月第 1 版　2018 年 2 月第 1 次印刷
开　　本：880 毫米×1230 毫米　1/32
字　　数：120 千字
印　　张：10.625
插　　页：2
书　　号：ISBN 978-7-5339-5045-3
定　　价：**29.00 元**

献给爱德华

目录 Contents

杜鲁与妮尔

艺术是个谎言，但却是一个说真话的谎言。

——毕加索

性别乌龙事件

时间：大萧条时期的某个夏天

地点：亚拉巴马州门罗维尔县

当杜鲁第一眼瞥见妮尔的时候，觉得她是个男孩儿。当时她正骑在一堵起伏不平的石墙上，像猫一样警惕地盯着他，而那堵石墙正好隔开了他们两家杂乱的木头房子。她光着脚丫，剃着短短的男孩头，穿着一条背带裤，看上去和自己差不多大，但是不是一样大杜鲁也不能确定。被她瞪得很难受，他只能假装看起书来。

最后她实在忍不住了，喊了他一声：“喂。”

当时杜鲁穿着一件紧身水手服，正安静地坐在他表姐家门前走廊的一把柳条椅上，他慢慢地把目光从书上收回来，抬起眼皮："你在喊我吗?"他的嗓音尖厉且纤细。

"过来。"她命令他。

杜鲁捋了捋额头上翘起的一绺头发，回头瞥了一眼走廊里的窗户，那扇窗户通向厨房。他那年迈的二表姐苏克正在厨房里准备治水肿的秘方来治她的风湿病。苏克通常把杜鲁看得很紧，但当时她脑子里正在想一首歌，走神了。

杜鲁一步步迈下走廊，因为他很好奇，想知道这个小男孩到底是谁。自从两周前他来到表姐家后，还没有交到一个朋友呢。现在正是初夏季节，男孩子们都约着一起去游泳，每天来来回回从他门前走过，杜鲁渴望和他们一起玩。于是他理了理身上白色的水手服，慢悠悠地踱过开满紫藤和山茶花的花架，来到石墙边。

走近一看，杜鲁吓了一大跳，吃惊得脸色都变了，看着她的短头发和背带裤，他疑惑不解地问："你是……女的?"

听了这话，妮尔更严厉地瞪着他。杜鲁尖细的嗓音，淡黄色的头发和雪白的水手服也让她中了圈套。

"你是男的?"她不可置信地问。

"嗯，当然了，傻瓜。"

"哼。"妮尔从墙上嗖地一下跳下来，直挺挺地站在他面前，比他高了整整一头。"你多大了?"她问。

"七岁了。"

"你身上有股怪味儿。"她毫不客气地说。

他闻了闻自己的手腕，眼睛依然紧盯着她："这是香皂的味儿，我妈妈从新奥尔良给我买的。你多大了？"

"六岁。"她居高临下地俯视着他的头顶，忽然伸出手摸了摸他的脑袋，还摆弄了一下他前额翘起的那绺头发，问道，"你怎么长得这么矮？"

杜鲁一把推开她的手："我怎么知道，我说，你怎么长得这么丑呀？"

一听这话，妮尔毫不客气地搡了他一把，他站不住，连人带书一下子都跌到了泥巴地里。

"你干什么呀！"他大叫一声，气得满脸通红。看着自己珍爱的水手服一下子变得脏兮兮的，他勃然大怒，冲她龇了龇牙（可惜缺了两颗大门牙），瞪着她嚷："你怎么能这样！"

她乐得哈哈大笑："咱们这儿的法官养了好几只斗牛犬，有一只就像你现在的样子。"

他闭上了嘴巴，反驳："你才像……"

还没等他说完，她一下子打断了他："你穿的这是什么东西呀？"

她应该很清楚，这是他最好的一套衣服了：一身雪白的水手服，还配了一双白皮鞋。"我妈说是人就得穿得像个样子。"他一边挣扎着从泥巴地里站起来，一边恼怒地回答。

她咯咯笑着问："你妈是海军司令吗？"

她瞥了一眼仍在泥巴地里躺着的书，并用她的光脚丫拨了一下封皮，好看清书名：《福尔摩斯侦探系列：舞男历险记》。

“你会看书?”

杜鲁把两只胳膊横抱在胸前，不屑地回答：“当然会，我还会写字呢。老师不喜欢我，因为有我在，别的孩子就显得特别笨。”

“我可不会显得笨，”她说着一把抓起地上的书，扫了一眼书的封底，“我也会看书，我才上一年级呢。”

她边说边转身，一溜烟爬上了石墙。

“喂，那是我的书，”他抗议，“我可没说你可以拿走。”

她停了一下，显然正在考虑杜鲁的话是否有威胁性。突然，他身后的东西引起了她的注意……苏克正拿着一把扇子把厨房里的烟往外赶。妮尔瞟了苏克一眼，又转头问他：“听着，苏克小姐不是你妈，她太老了。我还认识她的弟弟巴德，他也不是你爸，你爸妈到底在哪儿?”

杜鲁回头看了房子一眼，说：“苏克是我妈这边的亲戚，是我的表姐，巴德、珍妮和凯莉也一样，都是我的亲戚。”

“他们一个个都不结婚，我就觉得怪，”妮尔一边盯着苏克看，一边对杜鲁说，“现在他们居然还住在一起，和小时候一样，可他们都和我奶奶一样大了。”

“那是珍妮表姐的主意，她管着我们一大家子，帽子店

听了这话，妮尔更严厉地瞪着他。杜鲁尖细的嗓音，淡黄色的头发和雪白的水手服也让她中了圈套。

“你是男的？”她不可置信地问。

“嗯，当然了，傻瓜。”

也归她管。她不让我们分家单过。”

“哦，那你干吗待在这儿?”她问他。

“我在这儿只住一阵子。我爸挣大钱去了，他说得管他叫什么企业家。过去我和他在一艘轮船上干活，我们在密西西比河上来来回回好多趟呢，可后来船长不让我待了，所以现在只能让苏克和亲戚们管我了。”

“他们为什么赶你走?”

“因为……”他犹豫了一会儿，不知道该怎么回答，“因为我太能挣钱了。”摆弄着自己奇大无比的衣领，他终于吐出了这句话，“嗯，我爸带我上船是为了给大伙儿取乐的。那时候我跳踢踏舞，有个外号大嘴巴的黑人阿姆斯特朗吹小号。我们表演得棒极了，大伙儿起劲地扔钱给我，船长气坏了，就赶我走了。”

听了这话，妮尔半信半疑：“你在撒谎吧，要不你给我跳个踢踏舞看看。”

杜鲁往地上看了看，脚下的泥土异常松软：“这儿不行。踢踏舞得在木地板上跳，我还得穿上踢踏舞鞋。”

妮尔上下打量着他：“这身衣服到底谁给你买的？这么可笑。”

“我妈在新奥尔良给我买的，我们原来就住那儿。”

她认识的男孩子没有一个穿成他这样的：“哦，看来那个叫什么来着，新奥尔良，对吧，那地方的人穿得都很滑稽。你妈现在还在那儿住吗?”

杜鲁垂下眼皮，呆呆地盯着自己的腿看了一会儿，才回答：“可能吧。”

“可能？说实话，你为什么不和她住一块儿呢？”她问道。

杜鲁耸了耸肩膀，一副无所谓的神情，其实他不想提这事儿。

“好吧，说不说随便你，”妮尔继续问，“喂，那你到底叫什么名字?”

“杜鲁，你呢?”

“我叫妮尔。艾伦反过来写就是妮尔。那是我奶奶的名字。你有中间名吗?”

杜鲁有点害羞，脸也变红了：“可能有吧，你有吗?”

“有啊，我叫哈珀，你呢?”

杜鲁脸红得更厉害了。“嗯，史崔克福斯。”他尴尬地回答。

妮尔听得一头雾水，不明白这么一长串名字是什么意思。杜鲁只好向她解释：“我爸爸用他的公司名字给我起了中间名，史崔克福斯轮船公司。”

妮尔听了哈哈大笑，笑得气都喘不过来了。“嘿嘿，看来你说的那些在轮船上的事儿不是骗人的。”她本来还想继续说点什么，但突然改变了想法，和他匆匆告别，“好吧，那就这样，回头见。”

她从石墙上一跃而下，跳到了石墙的另一边。

“喂，还我的书！”他冲着她的背影大声嚷。

她都快跑到自己家门口了，一听这话，回过头来，喊了一声：“等我看完了，会还给你的，史崔克福斯。”

杜鲁慢慢踱回自己家。他告诉苏克自己和妮尔的奇遇。她听后摇摇头，同情地说：“她是个可怜的孩子。她爸爸总是忙着上班，而她妈妈，唉，怎么说呢，她脑子有点儿问题。”

“什么叫脑子有点儿问题？”他问她。

苏克瞟了一眼妮尔家的房子，用手指头梳理了一下自己灰白且日益稀疏的头发。她长得又瘦又小，但精力旺盛，也很爱说三道四：“有时候她妈妈行为古怪，会在街上乱走，还跟陌生人乱讲话。有时候她会半夜两点在自家走廊上弹钢琴，邻居们都会被她吵醒。他们说她弹琴是为了不让脑子里的声音嗡嗡乱响。”

“不能给她也吃点儿你那个治水肿的药吗？”杜鲁问道。

她摇摇头，表示反对。“有些病是治不好的，哪怕用了我的秘方也不行。”说着苏克俯下身来，在他耳边窃窃私语，“有时候她妈忘了烧晚饭，可怜的李先生和孩子们只能拿西瓜当饭吃！”

难怪妮尔行事如此古怪。

那天晚上，杜鲁从自己的藏书中挑挑拣拣，特意为她挑了一本书，是关于一个流浪男孩的历险故事，书名叫《失事潜艇神秘事件》。

“她会喜欢这本书的。”他边想边把书放在石墙顶上，准备留给她看。

第二天早上一醒来，他就发现石墙上的书不见了。

王子与贫民

今天早上，在亚拉巴马州门罗维尔县这个小县城里，时间过得异常缓慢，这是针对个别人而言的，因为整整一个上午杜鲁都没有妮尔的任何消息。他坐在自家的门廊上尽职尽责地盯着她的房子看。她家的房子上装着生锈的风向标，还有一些华而不实的装饰物。她家房前屋后有很多橡树，在酷暑下有气无力地耷拉着枝条，橡树上的寄生藤蔓也被高温烤蔫掉了。马路上什么人都没有，只有一辆破旧的老爷车出了故障，只能由两匹年老的矮脚马拖着走，这是路上唯一有趣的事儿。

在烈日下暴晒的只有黑人。他们有的在修建草坪，有的在用山茱萸做的扫帚打扫人行道。时不时可以听到胡同里传来铁匠敲打铁锤的叮当声，除此之外，就是一片寂静了。

杜鲁等妮尔等得有点不耐烦，就沿着红土路往前走，一路闲逛。先经过一片棉花地，接着是放牛的草场，最后来到了小溪边，看着秃鹰在头顶盘旋。五叶木通芬芳的香味一阵阵随风飘来，他学了一会儿小鸟叫，引得周围的知更鸟都跟着他唱起歌来，他终于心满意足地回家了。

到了下午，天气热得让人发晕，他只能扇着扇子，再次坐在门廊的阴凉处。院子里开满了报春花和杜鹃花。在一阵阵花香中，他慢慢睡着了。锯木厂刺耳的高分贝汽笛声吵醒了他，他像懒猫一样拉直身体，伸了个懒腰，一醒过来就发现自己借给妮尔的两本书已经搁在茶几上了。

他一下子从椅子上弹跳起来，四处找她，但没看到一个人影。于是他拿起了书，发现书下还压了一本袖珍词典，红色的封皮上印着几个大字：新韦伯词典和小型图书馆大全——四万五千八百字。他随手翻了一下。

词典的内封皮上有一行手写的字：给妮尔——文字的力量能引起战争或带来和平，明智地运用你的文字。署名：A. C.，“给妮尔”这三个字被铅笔孩子气地画掉了，改成了“给斗牛犬”。

第二天，杜鲁又坐在门廊上，吃着苏克给他准备的奶茶和蛋糕。今天他穿了一件小西装，还配了一条领带。纤细的金黄头发柔顺地贴在前额上。苏克还是像往常一样，穿着蓝色条纹棉布裙，系着白围裙。

自从杜鲁来到门罗维尔后，苏克成了他唯一的伙伴。事实上，除了杜鲁和苏克，门罗维尔的其他人都过着农民一样的生活，日出而作，日落而息。平时，家里其他表兄弟表姐妹们都出门干活了，只剩他俩孤零零地待在家里。有时候会来一个帮忙做饭的钟点工，她名叫小个子，是个黑人。

这儿的每个人宠着杜鲁，好像他是一个娇弱的贵族小王子。没人敢让他去套骡车，或在烈日下收棉花。所以就像对苏克一样，他们也让他随心所欲，想干啥就干啥。

他和苏克唯一要干的活就是喂小鸡，或摘斯卡珀农葡萄（美国南部产的黄绿色大粒葡萄）。葡萄长在屋后的篱笆旁边，篱笆很奇特，是表姐珍妮用动物骨头搭起来的。他们偶尔也会到树林里去，去找苏克配制秘方所需的药草。

星期天他俩会做风筝来打发时间，还从旧杂志上剪下好看的图片来装饰风筝。平时，他们就懒洋洋地待在门廊上，苏克会给他讲故事，也会大声地读笑话给他听，或者干脆啥都不干，一心一意地宠着他，哄着他。

这天苏克正在给他读《孤儿安妮》，突然抬头笑着说：“哦，是你呀，妮尔，来喝茶啦？”

妮尔从头到脚一身泥巴，背带裤也撕破了，眼睛直勾勾地盯着杜鲁熨帖整齐的衣服。低低地回了一句：“苏克小姐，我这衣服好像不适合来喝茶。”

“啊，没关系的，妮尔，不要这么想。珍妮小姐喜欢打扮杜鲁，别看他穿得时髦，其实挺老实的，像我们一样，他也喜欢吃培根配热饼干，还有山楂果酱。”

这时她听到妮尔的肚子发出了咕噜咕噜的响声。“亲爱的，我知道你喜欢吃蛋糕，来一口？”苏克边说边叉起一块蛋糕递给她。

妮尔馋得口水都要流下来了。“嗯，好吧，苏克小姐，我就来一口。”她抬腿打算迈上门廊时突然发现自己的腿上也沾满了泥巴，便马上停下脚步，说，“我就坐这儿，在台阶上吃。谢谢你，苏克小姐。”

她坐在台阶上吃着蛋糕，苏克继续大声读着漫画书。杜鲁看着妮尔狼吞虎咽地吃蛋糕，才三口就把一整块咽到肚子里去了。一吃完她就站了起来，好像马上要走的样子，但身子却杵在那里，不舍得离开。

“你妈妈还好吗？”苏克想和她聊聊天，就随口问她。

妮尔皱了皱眉头，目光耷拉下来，盯着脚下的地看了半天才回答：“苏克小姐，她要离开这儿一阵子，去海边养病。爸爸说只要他们肯放她出来，她就会全好了。”

“从哪儿出来？”杜鲁问

苏克瞥了他一眼，用眼光示意他不要再问下去，并赶紧抢着回答：“太好了，亲爱的。连我有时候都需要休息一下，否则我也会疯的……”

话音刚落，苏克马上意识到自己说错了话，脸唰地一下全红了。“哦，看哪，蛋糕吃完了，我再去拿点儿来。”她找了个借口，起身走开，临走前还不忘在杜鲁的耳边轻声嘱咐，“对她好点儿。”

现在只剩杜鲁和妮尔了，他俩坐在一起，却不知道该说些什么。他感到她送的那本袖珍词典在自己的口袋里越变越沉。也许他们可以一起玩字谜游戏，因为一早上他都在记有趣的字。但他突然有了更好的主意。

“你想再借本书看吗?”

一听这话，她黯淡的眼神一下子明亮起来。

格格不入者的世外桃源

杜鲁带着妮尔走进凌乱的房子里，里面堆满了各式各样的装饰品，这些东西都是珍妮表姐这么多年苦心收藏的，包括陈旧的纸玫瑰，形状不一、大小各异的各类精致小玩意儿，以及玻璃橱里来自世界各地的银器和瓷器，琳琅满目，精美异常。

他们经过客厅，客厅里矗立着两根宏伟的柱子，一直顶到了天花板，接着又来到餐厅，看到珍妮表姐坐在那儿，正在翻看各项账簿。尽管她有五十多岁了，但仍然很漂亮，雪白的皮肤，留着一头红发，在脑后盘了一个髻。

看到他俩经过，她抬起头来，一对冰冷的蓝眼珠从老花镜后面冷冷地打量他们。她开口道：“早上好，妮尔。你妈妈还好吗？”

杜鲁赶紧打断她的话："珍妮表姐，我们不是来谈这个的，因为她妈……你知道的，她疯了。"后一句话杜鲁尽管压低了声音轻声说，但仍然让她们听得一清二楚。

珍妮皱了皱眉，对妮尔抱歉地说："亲爱的，请原谅我家杜鲁没有礼貌。像他这么小的小男孩，有时候确实有点……粗鲁。"

"没关系的，珍妮小姐，"妮尔边说边羡慕地打量房间的陈设，"杜鲁要借我一本新书呢，夫人。"

珍妮微笑着回答："那太好了，亲爱的。"此时她才注意到妮尔身上有多脏。她叹了一口气，重新看起账簿来。同时漫不经心地说："嗯，你可能不会想读我这些书的，可我跟你说，看这些书能让我们维持生计，我的帽子店能开下去，家里还能有钱花。"

杜鲁把妮尔拉到过道里，过道两旁全是书架，一排排五颜六色、装订精美的书从地板一直排到天花板，妮尔惊呆了，她从来没有见过这么多书。

"不是这些，呆子，"杜鲁说，"这些都是无聊的大人看的。我的房间里才有咱们看的好书呢。"

"嘘，别出声，杜鲁。"

原来是表哥巴德。他的头发雪白，因为抽烟，还有一口大黄牙。正从卧室的门边探出脑袋来打招呼："小家伙，来打会儿牌吧。"

“现在不行，巴德表哥，我有客人呢。”

巴德这才看到妮尔，他冲她点点头，打了个招呼：“早上好，妮尔，你妈妈……”

杜鲁立刻打断他：“晚点儿我过来打牌，咱们可以玩个钓鱼游戏，怎么样?”

巴德冲他使了个眼色：“行啊，小家伙。”他边说边关上房门，他的房间里一股烟味。

妮尔捏着鼻子说：“这股烟味儿真难闻。”

“抽烟有治疗效果……能治他的哮喘病。快来。”

他带着她走过过道，来到他的卧室门前。正打算开门进去的时候，对面的卧室门一下子打开了，他的表姐凯莉站在门口。她是个老师，全身上下裹得异常严实，她头发乌黑，眼睛很小，一双灰色的眼珠狐疑地瞪着他俩。

“你在干什么？小伙子，”她边问边打量着他，“作业做完了吗?”

杜鲁两手抱在胸前，笔挺地站着，不屑地回答：“没有，小姐。别忘了，现在放暑假；再说了，你也不是我妈!”

“你这个无礼的小……你刚来的时候我说什么来着，你就是个大麻烦。”她怒气冲冲地说，“如果你那个妈能管你的话，还用得着我们来管吗？得好好抽你一顿，才长记性!”

一听这话，杜鲁咧嘴笑着反驳：“你敢抽我一顿，信不信珍妮表姐也会抽你一顿。”

凯莉气得目瞪口呆，说不出话来了，妮尔趁机清了清嗓子，轻轻咳嗽了一声。

凯莉才看到妮尔也站在那儿。“妮尔，”她对着妮尔脏兮兮的一身，毫不客气地批评，“我有几个学生像你一样脏，耳朵里积的污垢都可以种玉米了。但他们是在田里帮忙干活的，你是怎么回事，把自己搞成这样？”

“别理她，妮尔。她是闲得无聊了，因为放暑假没有学生可以给她骂来骂去，才找我们的茬的，”杜鲁说，“听好了，凯莉表姐，我们不是来听你训话的，我们是去我的房间找书看的。”

没等凯莉反驳，杜鲁一把就把妮尔拽进了自己的房间。因为他知道和凯莉吵是怎么都吵不赢的。

他砰的一声关上房门，大声宣布：“好了，总算进来了。这就是我睡觉的地方。”

妮尔朝四处看了看，眼光落在一个小书架上就挪不开了，书架上摆满了各式各样的童书。“天哪，”她惊叹不已，“有了这些书，还要图书馆干吗呀！”

她侧着脑袋，好看清所有封皮上的书名。嘴里还不停地问：“我该挑哪本书好呢？”

“嗯，你喜欢看什么？历险故事还是奇幻故事？”他边问边看她的反应，认真琢磨她的喜好。他突然来了句：“有啦，我知道你该看什么啦……”

他走到床边，在枕头下面摸了一会儿，拽出一本小小的绿色封皮的书。“我刚看完这本，夏洛克·福尔摩斯的《爬行男人历险记》。”他边说边把书递给了她。

妮尔盯着封皮看，上面印着夏洛克·福尔摩斯抽烟斗的侧影：“华生也在这本书里吗？”

“当然了！他俩是一伙儿的，谁都知道，破案时，两个人合作总比一个人单干要强。”

妮尔不以为然地耸了耸肩，小心翼翼地把这本书塞到自己背带裤的前胸口袋里。直到这时，她才发现杜鲁的床边还摆着一张床。

“其实这是苏克的房间，”杜鲁解释道，“他们让我在这儿临时住一下，反正我是要回家陪我爸妈的，现在就先陪陪她吧，她很可怜的。”

妮尔点点头，表示同意，并说：“我也得和两个姐姐挤一间房，她俩一个叫大熊，一个叫喘不停。”

“你的姐姐叫大熊？”他怀疑地问。

“没有，傻瓜。那是我们给她起的绰号。她比我大整整十五岁，长得像熊一样又粗又壮。”

“我要是有个姐姐，能让我抱怨一下该多好。”他羡慕地说。

“你不需要，你已经有了，你和你最好的朋友一块儿住，床边还摆着这么多书，手一伸就能够着，这里简直

他走到床边，在枕头下面摸了一会儿，拽出一本小小的绿色封皮的书。“我刚看完这本，夏洛克·福尔摩斯的《爬行男人历险记》。”他边说边把书递给了她。

是……天堂。”

妮尔凝视着书架，眼里露出梦幻般的色彩。她的手指轻轻拂过这些书的封皮。它们是《囚禁中的汤姆·斯威夫特》，哈迪男孩系列丛书《老磨坊的秘密》，还有南茜·朱尔侦探系列故事《秘密楼梯》，等等。

“有时候我希望姐姐们彻底消失，让我自己待会儿。”她叹了一口气，说道。

“你真会这么想吗?”他问。

她沉默了一会儿，接着说：“她们总和我开玩笑。说我是妈妈在石头缝里捡回来的，不是我妈亲生的，因为我和她们年纪差得太大了。为这事儿，我问过我爸，他说她们在胡说八道。”

“你很幸运，有个永远站在你这边的老爸……”他的话妮尔并没有听进去，她正在出神呢。

她呆呆地望着窗外，那里可以看到她自己的家：“上个礼拜，我和三个男孩子玩弹球游戏，他们又取笑我是捡来的孩子，我再也受不了了，狠狠地收拾了他们一顿，把他们都弄哭了。”

“你怎么收拾他们的?”杜鲁问。

“往他们脸上抹泥巴呗。可你知道我的姐姐们干了什么吗？她们居然不站在我这边，居然替他们说话，你想象不到吧。”

杜鲁明白这种被家人抛弃的感受，他自己也深有体会。于是他转移话题："那是你的房间吗？角落上有窗户的那间?"

她点点头。

"嘿，我跟你说，下次你的姐姐们要是再敢合起伙来欺负你，你就来告诉我。我会偷偷溜到你们窗边，突然跳出来，吓她们一大跳！"一想到那副场景，杜鲁开心得咯咯笑起来。

妮尔也会意地大笑起来。这个小男孩虽然古怪，但有一种让她喜欢的性格。她由衷地说："谢谢你，杜鲁。"

天气太热，不适合吃蛋黄酱

“我快要被热化了。”杜鲁以他特有的银铃般的声音在哼哼唧唧地抱怨。他俩先扮了一小时的海盗和圆桌骑士，又玩了两局弹球和三轮抓沙包游戏，现在已经想不出来该玩啥了。

他们又热又累，瘫倒在葡萄架下，这里阴凉舒适，还不时有微风吹过。他们把《门罗期刊》上猜字游戏那几页撕下来当扇子扇，这本期刊他们早上也看完了。

“这儿的生活实在是太无聊了。真希望县里能有一些有意思的事儿发生，哪怕一次也好。我到这儿都一个多月了，这里和新奥尔良太不一样了。”

“嗯，这里可能没有新奥尔良好玩，”妮尔接着他的话说，“但也有一些有意思的事儿发生的。比如说就在前几天，那个名叫埃迪森的黑人男孩到县政府广场上去了，后面跟了一大帮孩子。他可以模仿所有东西的声音，只要你能说得出来，他都能模仿。他会学鸟叫和马叫，也会学巴内特先生用一条木头腿走路的声音，连轧棉机开动的声音他都能学，还学得特像。我让他学邮件运输火车开来的声音，他马上在泥巴地上拖着两条腿走，嘴巴里还发出嘀嘀嘟嘟的声音，和火车的汽笛声一模一样。那可不是你每天都能碰到的新鲜事儿。”

杜鲁一点都不感兴趣。妮尔看他面无表情，只能继续建议：“要不咱们再去趟药店，要点儿免费的糖来吃?”杜鲁听了翻翻白眼珠，开始猛烈地抽动身体，好像癫痫病发作一样。

“别这样。你这样会让亚伯拉先生得心脏病的。他儿子有癫痫病，你知道吗?”

杜鲁不以为然地耸耸肩，停止了抖动：“可他还是会给我们甘草吃的。”

“没错，为了赶快赶我们走，他会给的。”

杜鲁坐直身子，对她说：“我们需要来点儿大城市才有的刺激。比如……你想象一下这儿突然有个人失踪了，或者县里发生了谋杀案。那样我们才有事可干。”

听了这话，妮尔觉得不可思议，她吃惊得说不出话来，只能瞪着他，好像他是个傻瓜一样。半天才答了一句：“谋杀或绑架案，和我们有半毛钱关系吗？”

“当然有啦，我们可以破案嘛。我们甚至可以当侦探。”他越想越兴奋，开始打起响指来，“我来当夏洛克，你来当华生。这样的侦探组合又有脑子又有力气，真完美！”他开始模仿起夏洛克抽烟斗的经典动作。

“我为什么不能当……呃，算了。这里不会发生谋杀案的。当初李将军带领部队到门罗维尔的时候，他把我们这儿称为全世界最无聊的地方。”

说完这话，他俩都安静下来，盯着亚拉巴马州深蓝色的天空发呆，同时无聊地数着空气里飘浮的点点棉絮，这些棉絮都是从镇上的轧棉机里飘出来的。

“嗯，他说得没错，”杜鲁终于又开口了，“这儿实在太热，连好吃的蛋黄酱都吃不下去了。唯一有点儿意思的地方就是哈特磨坊边的水潭了。咱们去那儿游泳吧，至少能凉快一点儿。虽然和新奥尔良旁边的庞恰特雷恩湖没法比，但有总比没有强。”

妮尔扮了个鬼脸，说：“你不会想去那儿的。”

杜鲁一下子振作起来，眼睛一亮，问道：“为啥不想去？那儿有鳄鱼吗？危险吗？”

妮尔用手擦了擦额头上的汗珠。她认识那些经常去水潭边游泳的男孩子。比利·尤金和他的同伙们会把像杜鲁这样的小男孩猛揍一顿的。她能做的，只能是阻止他去，以免惹祸上身。

“呃，鳄鱼倒是没有，不过……”她一时半会儿想不出一个合适的理由，好让他不去。

“不过什么呀?”他歪着脑袋，好奇地问，“不会是你胆子小，不敢去吧？难道你不会游泳?”

妮尔被他的话激怒了：“才不是呢，我可不是胆小鬼。听着，我在水潭里能绕着你游好多圈呢。”她毫不客气地上下打量他。而他只是冲她笑笑，没有回应。

“你不信？那好，我们这就去。”她沉不住气地说，“不过你得先答应我一个条件。”

“什么条件?”他天真地问。

“你得尽量穿得，嗯，你得穿得正常点儿。”

“正常点儿？什么意思?”杜鲁不解地问。他吹了一口气，吹开了垂在眼睛上的一绺头发，“哦，我明白了。可是和你们穿得一样有什么好玩的。瞧你，明明是个小姑娘，却穿得像个小男孩一样。”

妮尔使劲拉拉自己的背带裤，没吭声。她知道在穿衣服这件事上，和杜鲁是讲不明白的。虽然他只比她大一岁，但言行举止已经像个小大人了。“那好吧，随你便，”她妥协地说，“如果那帮男孩子把你从老磨坊的屋顶上扔下来，可别怪我事先没告诉你，因为你总是惹麻烦。”

杜鲁狡黠地咧嘴一笑，就像童话故事里惹是生非的淘气小精灵一样。“谁会惹麻烦？我吗？这不叫麻烦，这叫先驱。能当先驱，我求之不得呢。”说完，他看看妮尔，等着她的反应。可她却像没听见一样。他只好抽出那本袖珍词典，翻到做标记的一页，大声读了起来：“先驱，这个词语的意思是具有创新能力的人。”

“得了吧，史崔福克斯。我才不管先驱是啥意思呢。”她不屑一顾地回答，假装不理他。

杜鲁生气地冲她龇了龇下门牙，一脸不高兴。他讨厌她叫自己史崔福克斯：“随你便，你喊我史崔福克斯，我就喊你铁钉，不爱学习，脾气固执的大铁钉。”

一听这话，她冲他伸出舌头扮鬼脸，他装作没看见，毫不在意地耸耸肩。

“那好吧，我们这就去。你穿好泳裤，”她对他说，“我到那儿和你碰头，你这头倔驴，真拿你没办法。”

杜鲁开心地咯咯笑起来。目前为止，和自己一样能言善辩的，只有妮尔一个。

那天下午，孩子们理所当然地聚到了哈特老磨坊旁边。比利·尤金、哈渠、杜飞，还有特威格斯·巴兹都在水潭边晃悠，时不时地跳进水里游一会儿，还冲着其他孩子大声嚷嚷。那些胆小温顺的小姑娘不敢下水，怕把头发打湿，只敢站在水潭边，冲着男孩子们说俏皮话，还怂恿他们从磨坊的屋顶直接跳到水潭里去。妮尔不愿意加入她们，一个人在水浅的地方蹚水玩，清凉的水在她腿上流过，潭里的小鱼碰得她的腿直痒痒。

突然，大家都不说话了，喧闹的气氛一下子安静下来。妮尔抬头一看，发现埃迪森来了。他身体瘦长，皮肤黑得发亮，以至于让她觉得他是来自非洲的黑人。他站在水潭边，穿着一条破旧的小短裤，那是用面粉袋子改的。他小心翼翼地把脚指头伸到水里试了试，嘴里模仿着溪水流动的汩汩声。

“臭小子，你到底在干啥?”比利·尤金冲他大喊。

埃迪森抬头朝周围看了一眼，发现每个人都在盯着自己看。“没干什么，就是把脚伸到水里凉快一下，顺便和小溪说说话。”他低声回答。

一听这话，男孩子们哄然大笑：“你难道不知道你们黑鬼是不可以到这儿来的。想游泳，就得去你的黑鬼池子里游。”

埃迪森一脸疑惑，他不知道比利口中的黑鬼池子在哪儿。“不过你去了也没法游，因为你们这群黑鬼早就把它彻底搞脏啦。”他指着一条小道说。小道那边的水潭已经彻底干涸，泥巴堆积在潭底，看上去就像个大泥碗。

“臭小子，去洗个泥巴澡呗。”比利又冲他喊，“反正你也够黑了，涂点儿泥巴，反而显白。”话音刚落，他就和自己的那群小跟班一起哈哈大笑起来。

妮尔看到埃迪森咬紧自己的下巴，努力克制怒火，一声都不敢吭。她为他感到愤愤不平，因为她很讨厌他们合起伙来欺负一个无法还手的黑人孩子。谁也无法想象，一个黑人男孩敢揍一个白人孩子，这是不被允许的。她多希望自己能够有勇气走到比利面前，一拳打出去，揍扁他的鼻子，好让他长点儿记性。可她还是不敢。这时，她听到了一阵歌声。

“我找到了一个价值百万的小宝宝……他乖乖地待在五分钱商店里等着抱。”在自己的歌声和口哨声中，杜鲁闪亮登场，出现在水潭前面的岔路口上，像一只骄傲的孔雀一样，还撑着一把遮阳伞，趾高气扬地从小道一步步踱来，那架势，活像一位小公爵。

“你好哇，埃迪森！”他停下来冲黑人男孩招招手，顺便也让大伙儿好好欣赏一下他的游泳装备。

在场的其他男孩子清一色光着脚丫，穿着由破短裤改成的游泳裤。而杜鲁却光鲜亮丽，异常时髦。他上身穿着一件亮红色的夏威夷度假衬衫，下面是淡蓝色的名牌游泳裤，脚上配着一双白色的沙滩鞋，这一身行头是他妈妈去佛罗里达州旅游时给他买的。

看着杜鲁与众不同的打扮和得意扬扬的模样，妮尔都替他脸红，恨不得找个地洞钻下去。埃迪森想伸手摸一下杜鲁的衬衫，被杜鲁开玩笑似的一把拍开，还对他说：“别碰我！像别人一样，用眼睛看看就好了，别用手。”他冲埃迪森使个眼色，让他靠近些，接着就悄悄说："从现在起，你跟在我后面。"

埃迪森会意地一笑，开始跟着杜鲁走过来。

杜鲁的个子比同龄人要矮许多，但他对此丝毫不介意，反而把自己的大脑袋仰得高高的，一步步朝妮尔走来，那气势都赶得上摩洛哥英俊的小王子了。在场的每个孩子都睁大了眼睛，吃惊地看着他。妮尔相信男孩子们肯定会把他和埃迪森拖到泥潭那边去。但出乎她的意料，他们谁都没说话，也没动手，只是呆呆地站着，吃惊得连下巴都快掉下来了。

"你怎么啦，该好好玩的时候却变傻啦?"杜鲁和埃迪森蹚着水朝妮尔走来，他冲着她喊，"我以前在新奥尔良就是这么玩的。"

他们三个走到一起，一个时髦高贵的小王子，一个彻头彻尾的假小子，外加一个又高又瘦的小黑人，形成了一幅奇特的画面。现在，他们仨倒成了门罗维尔县的新闻了。

把一个令人昏昏欲睡的周六下午变得这么刺激有趣，也只有杜鲁才能办到。

在自己的歌声和口哨声中，杜鲁闪亮登场，出现在水潭前面的岔路口上，像一只骄傲的孔雀一样，还撑着一把遮阳伞，趾高气扬地从小道一步步踱来，那架势，活像一位小公爵。

被骗了

“你现在可以睁开眼睛啦。”妮尔对杜鲁说。杜鲁把她的手从自己脸上一把拉下来后，发现自己已经被带到县中心广场上了。广场对面就是门罗维尔县法院。县城里最古老最有气派的房子就属法院，哪怕钟楼上的大钟总是慢五分钟，也不影响这幢建筑的宏伟气势。

“我们来这儿干什么？”他不解地问。他本来想再去游泳的，但妮尔说她有更好的安排。

“你不是说你要找些新鲜刺激的事儿干吗？瞧，这儿就是了。”她一本正经地回答。

“去法院？”

她捅捅他的肩膀，催他进去：“傻瓜，除了法院，你以为罪犯最后会到哪儿去？我还以为你真的很喜欢夏洛克·福尔摩斯呢。”

杜鲁一下子瞪大了眼睛，惊奇地问：“你觉得他们会审理谋杀案吗?”

“谁知道呢？我一直到这儿玩的，这里总有一些有趣的事儿发生。所以说，来这里总比去看无聊的电影有意思多了。”

听了这话，杜鲁想了一会儿，还是想不明白，又问她：“等等，我还有个问题。他们怎么会让你进去的？这里不是只有大人才可以进吗?”

“见鬼，才不是呢!”她不耐烦地拉着他边走边说，“他们认识我，因为我有关系……”

她拉着他朝法院的主楼走去，那儿有几个法院的法警，正在外面站岗。其中的一个又粗又笨，满脸胡须，一副傻相，一看到妮尔就冲她打招呼：“早上好，妮尔小姐。找你爸来啦?”

“才不是呢。有新案件要开庭审理，我们来看看。”

那法警惊讶地抬抬眉毛，微笑着说：“嘿嘿，这可是桩大案。妮尔小姐，我希望你和你朋友不要被吓坏哦。”

杜鲁不甘示弱地回答：“先生，我们可不会被吓坏，我还亲眼看到危险的事情发生呢。告诉你吧，我在新奥尔良的时候，我家的邻居还在地下室里养了一头老虎呢。”

“你开玩笑的吧。”警察好笑地问。

“不开玩笑，句句属实，警察先生。而且那头老虎还非常凶猛。光我知道它就已经吃掉两个大人了。”

“那它为啥不吃你?”妮尔问他。

“嗯……我猜它可能喜欢我吧。”杜鲁一本正经地回答，“只要我轻轻摸它，它就会像小猫一样发出咕噜咕噜的叫声。有一次，邮差来了，要不是我在它身边，他不被整个吞掉才怪哩!”

“嘿，别胡说八道啦，”法警对他的话一点都不买账，“不过我觉得有句话是对的——老虎不吃小矮子!”他被自己的话逗笑了，发出刺耳的笑声。

其他法警也都哈哈大笑起来，一边笑一边朝法院的大门走去。杜鲁在门前的台阶上磨磨蹭蹭，不愿意进去。

“嘿，你不进来吗？再不进来会错过好戏哦。”妮尔劝他。

杜鲁仍然站在原地，一动不动。妮尔只好拉着他的手，使劲把他拽进去。大厅里熙熙攘攘地站满了大人，他们在人群中挤来挤去，好不容易挤到房间的另一头，那儿有个小楼梯。“快来，这儿最好的位置就在楼上。”她说着带头往木头楼梯上走。楼梯通向一扇门，门上写着“黑人专座”。但妮尔看都不看门上的字，直接就推门进去了。

这是一个包厢，里面空无一人，他们进去后，才发现在这里可以俯瞰整个法庭大厅。楼下聚集着各种各样的人：有刚才从外面进来的那个傻乎乎的法警，有穿着黑袍子、脾气暴躁的老法官，有一脸疲惫的速记员，还有一个很胖的律师正在和他的当事人在低声谈话。他的当事人是个衣着古怪的女人，穿着一身黑色镶金的长袍，活像印度来的公主。就在这群人对面，放着一张桌子，桌子后面坐着一个沉着冷静的男人。他穿得很朴素，一身黑色的三件套西服，戴着框架眼镜，正在仔细打量在场的每一个人。

“你爸爸在这儿上班吗？”他们一坐下来，杜鲁就开始问妮尔，“他该不会是那个糟糕的法警吧？”

“当然不是，”妮尔指着那个戴眼镜的男人说，“那是我爸，他叫A. C.。”

妮尔的爸爸正低头看怀表，他看起来像一个严肃并且爱思考的人。

“A. C.是什么？你爸怎么会有这样的名字？”杜鲁问她。

“他叫阿马萨·克尔曼，姓名的缩写正好是A. C.，从我记事以来，别人都不叫他的大名，只叫他A. C.。他是律师，也是教会里的执事。嗯，他还是《门罗维尔日报》的编辑呢。”

听了她的介绍，一阵强烈的嫉妒袭上杜鲁的心头。

“喂，看这儿！”妮尔冲她爸爸大声喊，想引起他的注意，“A. C.！”

A. C.没有理睬她，他再一次看看自己的怀表，对着身边

就在这群人对面，放着一张桌子，桌子后面坐着一个沉着冷静的男人。他穿得很朴素，一身黑色的三件套西服，戴着框架眼镜，正在仔细打量在场的每一个人。

的空座位沉思了一会儿。

“你不喊他爸爸吗?”

“才不呢。这儿每个人都喊他A. C.，我为啥要喊他爸爸呢?”她满不在乎地回答，“嘿，快看，好戏上场啦。”

A. C.先走到法官身边，接着法官把其他几个律师也叫过来，大家一起商量事情。他们你一言、我一语地低声交谈着，还时不时地瞟一眼那个空座位。

然后法官就举起小木槌猛敲了几下，大声询问：“阿库勒斯·波森斯先生到庭了吗? 法警请回答。”

法警立刻回答：“没有，法官大人。波森斯先生今天没有到庭。”

法官点点头，做了一下笔记，又开口：“好的。今天下午要签发他的逮捕令……下一个案件准备好了吗?”

妮尔有点儿失望，嘟哝着：“不会吧！嫌疑犯居然逃走了！哼，本来审判他应该很有意思的。”

“我们得走了。”杜鲁突然压低声音催促她，又惊又怕，好像见了鬼一样。

“别走呀，还要审另一个案子呢。这个和刚才那个案子一样，都很有意思。上个礼拜，库伯先生被告了，据说他爬窗进去，偷了安娜·梅小姐家的桃酥饼。”

杜鲁没等她说完，砰的一声从座位上跳起来，转头就往楼梯冲去。

“杜鲁，你去哪儿?”

他三步两步冲下楼，很快就消失在楼梯口，但妮尔仍紧跟在他后面，不停地喊：“杜鲁！等等我!”

他一路狂奔，穿过法庭的大厅，跑下法院的台阶，直接冲到了门外的阿拉巴马大道上。这时妮尔总算追上他了，在马路中间她一把揪住他的胳膊，追得上气不接下气，一脸疑惑，连一辆汽车冲着他们身边呼啸而来都没看见。

千钧一发

汽车响亮刺耳的喇叭声和急刹车时轮胎的摩擦声把两个孩子吓得魂都没了。他们发现汽车的一对车前灯正直视着自己，几乎挨着他俩的身体了。

“杜鲁！你在这儿啊！”

杜鲁眨眨眼睛，看见一个朦胧的身影从敞篷车里站起来。轮胎急刹车时扬起来一阵红色的尘土，路面一片模糊，对方也正盯着他看呢。

“是爸爸吗？”杜鲁吃惊地问。

妮尔不由得松开了杜鲁的胳膊。因为刚才的危险状况，她吓得尿裤子了。

她呆呆地站在原地，羞得满脸通红，手足无措，不知道该怎么办好。杜鲁转过身来，朝人行道走去，他爸爸就站在那里，戴着一顶巴拿马草帽，对着他满脸笑容，开心得不得了。

“爸爸。”杜鲁激动得连气都喘不过来了。

“快点儿，儿子，”他爸边说边走到汽车旁边，帮他打开车门，“咱们得走了，赶紧吧。”

杜鲁爬上了车，一头钻进爸爸的怀里。

他爸爸紧紧地拥抱着他，同时又紧张地四处张望，对杜鲁说：“我想给你一个惊喜。怎么样？又惊又喜吧？”

杜鲁一个劲地点头，简直不敢相信自己的眼睛。他已经有两个月没见过他爸了。

“他确实被惊到了！”妮尔在旁边开口说，已经忘了自己尿裤子的尴尬，转而对他爸爸的突然出现愤愤不平，“你到底去哪儿了？要是我爸这么久不来看我，留我一个人孤零零地在这儿，我非得……”

“杜鲁，这位可爱的小朋友是谁呀？”他爸问，“声音这么大，真是个爱吵闹的小子。”

一听这话，妮尔的脸唰地一下变得更红了，气急败坏地回嘴：“去你的，我才不是小子呢！小姑娘就非得穿裙子吗？不穿裙子就成小子啦？”

杜鲁的爸爸轻轻地抬抬帽子，开玩笑地对她行礼，并戏谑地说：“好啊，你绝对是假小子中的皇后，我猜对了吧，亲爱的？”他用胳膊肘推推杜鲁，“千万不要和爱吵闹的女孩子在一起，杜鲁。这是我和你妈结婚之后得出的结论。现在我们真的得走了……”

杜鲁一蹦三丈高，兴奋地问：“妈妈也来了吗？”

他爸爸坐到司机的位子上，一边启动汽车，一边回答：“差不多吧……”

杜鲁抬头看着他爸，眼神像小狗一样温驯忠诚。他满怀期待地问：“这就是说我们可以一起回我们自己家了吗？”

他爸爸没有回答他的问题，又冲妮尔抬抬帽子，跟她告别：“见到你很高兴，小家伙。我叫阿库勒斯·波森斯。”

妮尔疑惑地眨眨眼睛，觉得这个名字很耳熟，不由得喊：“等一下……你叫阿库勒斯？”

没等她把话说完，他爸爸已经启动了引擎，汽车嗖地一下开走了，只留下妮尔一个人孤零零地站在马路上。

“很高兴你能在这儿交到朋友，”阿库勒斯边说边迅速地将汽车开出主路，朝一条空旷的小巷开去。他看起来很紧张。

“你要带我回家吗？”杜鲁问他。

他迟疑了一会儿，才支支吾吾地回答：“儿子……我知道这段时间让你受苦了。如果你妈妈不这么固执，我们早就可以一起回家了。但她就想着要搬到那些很花钱的大城市里去生活，像纽约那样的地方对她很有吸引力，动不动就说要去，好像我们是百万富翁一样！”他向杜鲁抱怨，“哦，我都不知道该怎么办才好。”

他们不约而同地沉默下来。其实杜鲁有很多问题想问他爸，但他最想问的一下子从嘴里冒了出来：“你怎么会被告到法院了？”

阿库勒斯惊讶地抬了抬眉毛说：“你在说什么呢，儿子？他们为啥要告我这样的好人呢？”

“我也觉得很奇怪。但我确实听到法官喊你的名字来着……”

阿库勒斯的脸一下子涨得通红。他又开始支吾起来：“嗯……这个嘛，这没什么大不了的，就是在一个小地方惹了点小麻烦而已。那地方我都不大记得了，好像叫烧焦的玉米地，要么是科伯小溪？法院里有个女的，打扮得像从印度来的一样，你看到了吗？”

杜鲁想了一会儿，好像记得是有这么一个女人，便问他爸：“是穿着黑色镶金长袍的那个吗？”

“没错，就是那个寡妇。她老公是大名鼎鼎的哈德杰，可惜死掉了，”他一边回答一边神情紧张地扭头张望，“上帝保佑哈德杰，愿他入土为安。”

“哈德杰是谁？”杜鲁问他。

阿库勒斯难以置信地瞪大眼睛。“这么有名的人，你居然从来没听说过，”他恍然大悟地拍拍自己的额头，“哦，对了，你当然没听说过他。我们本来想来这儿表演的，可他却死了。”

一听这话，杜鲁激动地两眼发光：“你开马戏团啦?”

阿库勒斯咧嘴一笑，大声宣布：“比演马戏强多了，简直就是世界奇观秀啊。我们表演‘大埋活人’！这可是当今最伟大的奇迹啊!”看他手舞足蹈、得意扬扬的样子，活像那位最出名的马戏团老板巴纳姆。

“你真的把哈德杰活埋了吗?”

“那当然，你该亲眼看看的，杜鲁。听着，我在密西西比州发现这个埃及奇人。他能憋气憋很久，可以放慢自己的心跳，像动物一样进入一种冬眠状态，能维持好几个小时呢!”

“真的吗?”杜鲁觉得不可思议。

“嘿嘿，至少能憋一个小时吧。我们把他打扮成印度王子，经常在各个地方的市中心表演。他会被装到棺材里去长达一小时。然后让人们在棺材旁边下赌注，赌他能不能活着出来。我们赌他能活着出来，他们一般都赌他挺不过六十分钟，最后他总是好端端地出来了。就这样我们靠他发了财!”

“那后来他怎么会死掉呢?”

阿库勒斯苦恼地揉了揉眉毛，说：“唉，最后一次表演时我们吸引了非常多的观众，我收了他们每个人的钱，还写下了他们的赌注，光忙活这些事就花了我将近两个小时……等我想起来去开棺材的时候，发现神奇的哈德杰已经死翘翘了。”

“你是说……他真的闷死了?”

阿库勒斯闷闷不乐地回答：“是的，看来他顶多只能憋一小时的气。谁知道呢？可怜的家伙。最糟糕的是因为他的死，让我赌输了，我又成了一无所有的穷光蛋。现在这女人正在告我，想让我分她哈德杰该得的钱。简直荒唐透顶！就是因为她老公四处吹嘘，说自己会在地底下憋气，我才拉他一块儿挣钱的。但最后轮到谁倒霉？就是我，我就是那个倒霉蛋。”

说着，他把车开到珍妮表姐家屋后的篱笆墙那儿，在动物骨头做的篱笆旁熄灭了引擎，汽车咯吱一声停了下来。他呆呆地在车里坐着，盯着房子看了好一会儿，低声说：“听着，杜鲁，这事儿千万不要跟你妈妈提。她已经嫌我没钱，处处看我不顺眼了。没必要让她知道我们变得更穷了。等着瞧吧，我会让她看得起我的，我已经有个新的赚钱计划，这回我找了个拳击手……”

但杜鲁已经不愿意听他唠叨了，他跑出车外，向屋子飞快地冲去。强烈的预感告诉他，只要他妈亲眼看到他，就会意识到自己有多想他，然后他们全家就可以开开心心地一起回自己家了。

大闯关

杜鲁的爸爸开着车一溜烟地跑了，只留下妮尔一个人孤零零地站在大街上。她一时半会儿没有反应过来，不知道自己该做什么好。这时她看到特威格斯·巴兹站在弗里普先生的杂货店前盯着她看。刚开始他有点疑惑，接着他便开始冲她诡秘地大笑，这时她才发现事情不对劲。

“有什么好笑的，巴兹?”妮尔没好气地问，巴不得上手，一把抹掉他那讨厌的怪笑。

他不说话，只用手指了指她的裤裆。顺着他的手指，她朝自己身上看了一眼，突然发现刚才尿裤子的那一块儿已经全湿了。糟糕的是马路上扬起的红色灰尘还正好沾在这块湿布上。

她不由得倒吸一口冷气，羞愧难当，脸涨得通红，几乎都发紫了。她拼命想把那块灰尘擦掉，却越搞越糟。她想去揍巴兹，但现在还不是打人的时候。

现在她想做的就是赶紧逃跑。

她想都没想，在大街上拔腿就往家冲，一边跑一边用手捂着自己的裤裆。她感到街上的每个人都在盯着她看，看到的熟人越多，她就跑得越快。

好在她家就在附近，离镇中心只有两条街的距离。当她跑到自家那条马路上时，和巴德擦身而过，他正在家门口的院子边上抽烟。还冲她打招呼："今天天气真不错，妮尔……"

幸运的是她家的大门正敞开着，要不然她还得费一番工夫才能进去。她直接冲进家门，一口气跑到自己的房间里。可怕的是她的两个姐姐大熊和喘不停，居然都在，正坐在床边聊天呢。

一看到她俩，她吓呆了，站在原地，一动不动。当然，她俩一下子就看穿了妮尔尴尬的原因，忍不住哈哈大笑起来。

"说实话，妮尔，怎么回事？如果你睡觉尿床的话，也应该待在床上干这事儿呀。"

"这是意外！"她气恼地冲着她俩大喊，同时飞快地扫视了房间一圈，想找一件替换的衣服，省得她们没完没了地拿她开玩笑。糟糕的是唯一的干净衣服就只剩她妈妈为她做的那条连衣裙了，那条裙子她从来不穿的。

姐姐们发现她没衣服穿之后笑得更厉害了。她只能咬紧牙关，一把抓起那条裙子，再怎么说，也比身上这身尿湿的衣服强。

“老天啊！妮尔居然穿裙子啦？太阳打西边出来啦？”大熊笑得前俯后仰，还在不停地嘲笑她。

妮尔冲到了储藏室里，砰的一声关上门，她们的笑声更响亮、更刺耳了。她感到又羞愧又气恼，简直都不知道该怎么办好。她就该站在原地一动不动的，到头来丢了谁家的脸，她俩还不清楚吗？那样的话看她俩还能不能笑得出来！

她气哼哼地脱下背带裤，一把甩到地板上，瞪着自己手里的连衣裙出了神。她已经好久没有穿过连衣裙了……上一次穿还是在两年前，她妈妈过生日的时候。她记得自己当时也很讨厌这条连衣裙，生日会后还故意撕破了它，破得连她妈妈都没法补。

她在旧的行李箱上慢慢坐下来，旁边就放着她爸爸的高尔夫球棒，她用整条连衣裙盖住了自己的头，告诉自己，不能哭，实在憋得难受极了，她就深吸一口气……突然，她在连衣裙上闻到了妈妈的气味。这让她想起了两年前过生日那天发生的一幕幕场景：比如那天早上，她陪妈妈猜字谜；当清晨的阳光透过落地窗洒进来时，身材过于丰满的妈妈优雅地在客厅里转着圈跳舞；她们还一起照看门前走廊上的花，那是妈妈的最爱。记得她们为生日宴会采了一些耐寒的紫丁香和玫瑰花，还配了一把薰衣草。印象最深刻的是生日会举行到一半的时候，在所有的宾客面前，妈妈和她一起表演了那首《我俩的茶》。她唱歌，妈妈弹钢琴伴奏。妈妈的琴声是多么美妙啊！

可惜那是唯一一次和妈妈的合作表演。

冷酷的真相

珍妮表姐家的后院大门敞开着。杜鲁一口气冲了进去，站在自己经常待的地方。厨房里一个人也没有。他屏住呼吸，仔细倾听，一开始除了自己怦怦的心跳声，他什么都没听到，接着就听到有人说话的声音了，声音是从前面的客厅里传来的。

他慢慢地朝声音发出的地方走去。屋里很安静，所有的卧室门都紧关着。他听到两个女人的声音在低声交谈。

其中一个是苏克，另一个就是他妈妈。

哪怕听到妈妈的声音，都能让杜鲁开心地微笑起来。他在想着要不要偷偷溜到她背后去，用手捂住她的双眼——那样的话她肯定会开心地大声尖叫，使劲地拥抱他，把他抱个够。

还没等他开始行动，他就听到了这样的对话。

“莉莉梅，他想你想得要命，”苏克轻轻地说，“有时候我看他躺在床上哭，就只能过去抱着他，直到他睡着。他需要妈妈，他很需要你。”

“哦，别说了，苏克，”他妈妈打断她，“我也不想这么自私……但说实话，我不想见我儿子，我受不了他，他好像不是我生的一样。”

说完这话，她们不约而同地沉默了一会儿。

“你居然能说出这样的话来，实在太可怕了，而且说的都是废话，莉莉梅！你生他的时候，我就在现场，亲眼看到的！”苏克气愤地说。

“我不是这意思，我知道说这话让人讨厌，但那孩子确实太古怪了。他不像个正常的小男孩，脾气性格和他爸爸一模一样——他们都活在自己的想象世界里，还想方设法把我也拉进去。”

“别乱说，莉莉梅，他不过是个孩子。”

“一想到要和他，还有他那个爸住在一起，我就觉得自己成了一只被捕获的小动物，整天困在陷阱里，想想就可怕，我可不干！”她停了一下，又继续说，“就是因为这样，我已经下定决心，从今以后，杜鲁就住在这里，哪儿都不让他去了。”

“天哪，莉莉梅，珍妮不会答应的。我想你可能不明白这个决定对孩子来说意味着什么，你会把他推入深渊的。”

“哼，又不是我自己要生孩子的！就是因为生了他，我的身材都变样了。我今年才二十六岁，有了他，我觉得自己又老又丑。女孩子的青春很短暂，我可不想待在家里浪费时间，和这个早熟的小……”

话还没说完，她一抬头就看见了杜鲁。他站在厨房的门边，正在极力忍着眼泪。

她叹了一口气，涂着大红色唇膏的脸上浮现出虚伪的笑容，向他打了个招呼：“杜鲁，比起家里，你住这儿会更快活的，亲爱的，相信我。因为我不是个好妈妈。”

他一点儿都不想听这话，扭头就跑，跑出了家门，跑下了台阶，一头撞到了他爸爸的怀里。

“哎呀，哎呀，小家伙。你怎么啦？”

杜鲁的眼泪大颗大颗地滚下来，滴进他爸爸的脖子里。阿库勒斯抬头一看，发现莉莉梅就站在门边，心里的怒火一阵阵往上蹿。他生气地说：“全都说啦？你就不能等一等，等我来了再跟他好好说吗？”

她毫不在乎地耸耸肩，点了一支香烟，边抽边答：“他偷听到了，那我还能说什么呀？”

阿库勒斯拉着杜鲁，走到院子的一角，开始哄他：“好了好了，伙计，对不起。可你也不应该偷听大人讲话啊。”

“她们说的，我一点儿都不明白。”杜鲁低着头，忍着满眼的泪水回答。

阿库勒斯叹口气说："我现在只能这么说，黑暗中总有一丝光明，只要你能坚持，就能看到光明来临的那一天。所以……我要你坚持下去，和我一样。"

杜鲁睁开一只眼，瞟着他爸："你是说你不会丢下我吗？"

阿库勒斯扮了个鬼脸，跪在地上，这样他就和杜鲁一样高了："听着，儿子。我知道以前我们说过送你来这儿是暂时的，就是来过个暑假的。但现在情况有变化……我和你妈……我们俩都想过和以前不一样的生活……"

"那我怎么办？"杜鲁呜咽着问，"你们都不要我了吗？"

阿库勒斯不敢看他的眼睛，只能低头说："我保证一定会回来接你的，不过这需要时间。眼下我又有了新的赚钱点子，只要好好干，会发大财的，但我不能把你拖来拖去。"

"你以前不也带着我在轮船上干活吗？"

"以前是以前，现在可不行……现在你得去上学。只有在学校里你才能好好长大，才能比你爸爸我聪明。我知道你现在不想听……但我希望这些话能让你感到舒服点儿。"

他让杜鲁转个身，他的眼前出现了一个巨大的家伙，这家伙还用防水布盖着，看不出来是什么东西。

"我知道你对那个飞越大西洋的飞行员林白一直很着迷。我想等你长大了，那时候世界上肯定会需要另一个像林白一样优秀的飞行员，谁知道呢？说不定你就是那个著名的……”

阿库勒斯慢慢地拉下防水布，一架小型的福特牌玩具飞机出现在他们眼前。这架飞机有三个引擎，全身漆成了鲜绿色，还带着大红色的螺旋桨，大小正好够杜鲁坐进去——实际上就是一辆超大号带翅膀的三轮车。阳光洒在红色的螺旋桨上闪闪发亮，它看起来美极了，在杜鲁眼里，这是他见过的最美的东西。

“这就是那家商店里卖的那架飞机吗？”杜鲁问。

阿库勒斯掏了掏口袋，从里面拽出一顶飞行帽和一副防风眼镜：“当然啦，这就是你小时候老缠着我要买的那一架。现在我把它送给你啦。有了这家伙，附近的每一个孩子都会羡慕你的。只要我一挣到钱，够我们安家落户，我就马上来接你。”

“你保证会来接我？”杜鲁又问。

“当然啦，这还用说嘛，伙计。”

“可你上次保证过给我买条狗，不也没买吗？”

阿库勒斯点点头，承认自己的食言。“是没买，但那不怪我，得怪你的珍妮表姐。‘我的家里不能养狗！’”他模仿着她语气说，“不过她没说家里不让放飞机呀。你赶紧去试试飞机吧，不要等它飞走了，你还没坐上去。这玩意儿可是一流的快！”

他把飞行帽和防风眼镜给杜鲁戴上，得意地说：“你比那个叫林白的家伙长得好看多了！”

杜鲁爬进飞机，东摸摸西摸摸，摆弄着操纵杆。这和他心目中的飞机长得一模一样，真是不错。他跷起大拇指向他爸爸示意，并把防风眼镜戴好。“保持联系！”他冲他爸喊着飞行术语。

阿库勒斯卖力地帮他转起螺旋桨，杜鲁开始出发，使劲蹬着飞机三轮车来到大街上，好像它真的能飞起来一样。他想象自己正在给飞机加速，飞机的轮子离开地面，他被一下子带到了空中，向远处的蓝色天空飞去。

在天上俯瞰地面，他看到巴德表哥在玉米地里干活，看到埃迪森站在哈特磨坊的水潭边上往下跳，还看到那个坏蛋比利·尤金。杜鲁想象着自己开着飞机俯冲下去，朝着他和他的同伙们扔炸弹，把他们炸得抱头鼠窜。

杜鲁沉浸在自己的奇思妙想中，丝毫没有注意到阿库勒斯和莉莉梅已经开着车，扬长而去了。

这架飞机有三个引擎，全身漆成了鲜绿色，还带着大红色的螺旋桨，大小正好够杜鲁坐进去——实际上就是一辆超大号带翅膀的三轮车。

神秘计划

从那以后，杜鲁一直闷闷不乐，连妮尔都无法把他叫出来玩。她求他让自己也骑骑那辆飞机三轮车，可他一口回绝了。不是他自私，而是他实在不愿意见人。他把自己整天都关在卧室里，好几个礼拜都不出门。

苏克受不了杜鲁郁郁寡欢的样子，她想尽办法逗他开心。刚开始的时候，她坐在他的床边，一口一口喂他吃饭，好像他是一只不小心从窝里摔出来的麻雀。后来见他仍然心事重重，不愿意说话，就给他讲草竖琴的故事，那是她小时候听来的故事，讲的是风儿飘荡在附近长满野草的田野上，高高的野草随风起伏摆动，发出如竖琴般动听的音乐。每次讲到这里时她总会在他耳边轻声呢喃，模仿竖琴的声音，直到他进入梦乡。

看到杜鲁如此伤心难过，连珍妮表姐也越来越担心。她过来安慰他："小伙子，只要我还活着，还管着这个家，这里就有你待的地方。我们会让你吃得饱穿得暖。别去管你妈了，她不值得你这么想她。"

巴德表哥会带他去对面山头的玉米地里，不是让他去干活，而是让他出来放松一下。一般这种时候，他俩都不讲话，杜鲁闷闷不乐地骑在巴德的肩膀上，他的满脸胡茬摩擦着杜鲁的小腿。但这一次，巴德开口了：

"真见鬼，生活就是一座山，小家伙。如果它对你来说太高的话，你就手脚并用，努力爬上去。迟早你会翻过这座山的。"他呼哧呼哧地喘着气说。

他们真的翻过了那座山。

山的这一头是一片玉米地。杜鲁通常会静静地坐在地里的窝棚前面看着他们干活。窝棚里住着黑人约翰·怀特一家。他是巴德唯一的雇农。（之所以叫他黑人约翰，是为了和白人约翰·怀特区别开来，那是本地的一位烟草商。）巴德和黑人约翰在田里照看庄稼的时候，约翰太太会给杜鲁做好吃的热饼干夹熏肉，但美食也无法让他开心起来。

有一天傍晚，阳光渐渐褪去，黄昏笼罩着他们的窝棚，周围的草地在夕阳的照射下由绿色变成了橙色，一片静谧安详。杜鲁突然开口问："巴德表哥，我为什么不能像别的孩子一样，有个真正属于我自己的家呢？"

巴德向来很平静，听到这话也不由得激动起来。他蹲下来，双手扶住杜鲁的肩膀，直视着杜鲁的眼睛说：“杜鲁，这儿就是你自己的家。你和我有血缘关系，你是我的二表弟，我们有相同的外公外婆。但血缘关系还不是最重要的，你明白我的意思吗?”

“不明白，先生。”

“亲情才是最重要的，也就是说内心深处要充满对家人的爱，我说这儿是你的家，就是这个意思，因为我们都很爱你。当然了，你现在有理由难过，但你不能一味地怪自己，这不是你的错。振作起来，看看你身边的人，你就会明白，你已经拥有属于你自己的家了，小子。”

没有杜鲁陪在身边，妮尔觉得十分寂寞。为了让她有事干，她爸爸A. C. 给她报了个成人高尔夫学习班。她很喜欢上这门课，因为和大人一起打球让她觉得自己也成了大人。当然，大部分时间她只能当球童帮别人捡球，偶尔也会在她爸爸的指导下打打球，挥上几杆。哪怕在球场上，她爸爸也总是穿着深色的三件套西服，这身衣服和他那忽起忽落的挥杆动作简直成了球场上一道独特的风景。在等待球进洞的时候，她会和她爸爸聊个不停。

“A. C.，我实在不明白，杜鲁为什么突然不和我玩了。我从来没见过他这么难过。”她说。

“哦，耐心点儿，他会来找你玩的。他爸爸的情况确实不太好。”

一提到杜鲁的爸爸，妮尔十分好奇：“你们抓住他了吗?”

A. C. 想了一会儿才开口，他在考虑怎么跟妮尔解释。“没有，法官不想浪费时间去找他。他相信法网恢恢，阿库勒斯很快会走投无路，到了那时候，再来审判他也不晚。”

“可怜的杜鲁，”妮尔同情地说，“有这么个骗子爸爸真是让人难过。”

A. C. 把一只手郑重地放在她的肩膀上，严肃地说：“不可以这样说他爸爸，除非他受到审判，女儿。”

“什么意思？我不明白。”

“我的意思在没有了解整件事情的全部真相之前，不要那么轻易地下结论喊别人骗子。杜鲁的爸爸可能不太可靠，但我相信他也在努力，谁都想做个好人。”

“这话说了和没说一样，杜鲁还是会难过的。”她轻声抱怨。

他停止挥杆，在考虑如何把球打进下一个球洞，同时对她说：“你说得对，杜鲁是很难过。但至少你可以对他更好一点。他需要小伙伴陪在他身边，支持他，理解他。有时候你一个小小的友好举动都可能给他带来改变。”

听了爸爸的话，妮尔很快有了个主意，可以让她的朋友开心起来。但为了实施这个计划她需要一个帮手。她想找杜鲁最小的表哥大小子来帮忙，帮她让杜鲁开心起来，恢复原来活泼可爱的模样。

大小子是杜鲁姨妈玛丽·爱达的儿子。他大名叫詹宁斯，可大家都爱叫他的绰号大小子。他和杜鲁同一年出生，只比杜鲁大几个月，他家在门罗维尔郊区的农场里。他其实长得不大，但刚出生的时候他可是个巨型娃娃，生出来足足有十二磅重呢（大约十一斤）。可他越长越慢，到了七岁的时候，就和别的孩子就没有任何区别了。他戴着一副高度近视眼镜，一圈圈的镜片如瓶底一般厚，这让他的眼睛看起来像猫头鹰一样，又大又圆。妮尔告诉他这个计划时，他的超大号眼睛瞪得更大了。

“你的意思是……要造个秘密基地?”他问她。

“比那有意思多了，大小子。它会成为我们的活动总部。”她骄傲地宣布。

“什么活动总部?”他又问。

“这还用得着问吗？当然是我们破案活动的总部啦。唯一能让杜鲁开心的就是当侦探，侦破神秘案件。”

“但门罗维尔没有神秘案件，”大小子反驳，“除非去侦查法院的大钟，搞清楚它为什么总是慢五分钟。”

“你懂什么，我正在看夏洛克的书，”妮尔说，“他在书里说‘对于伟大的头脑而言，任何事情都不是微不足道的，都有值得探究的地方’。”

“我不明白你的意思。”大小子疑惑地说。

妮尔试着向他解释：“傻瓜，你没有亲眼看到的事并不等于它没有发生。只要我们好好找，谁知道我们会在这个地方发现什么，说不定是惊天大案呢？”

大小子仍然一脸不解。

“你看，”她指着自己画的草图对他解释，这是她用蜡笔在包装纸的背面画的，“夏洛克和华生有贝克街221号作为总部，我们也一样，这里将是我们的总部。”

大小子扶了扶自己的眼镜，好看得更清楚些：“是树屋吗？”

图画得很粗糙，也很马虎，但他还是看懂了。树屋高高地架在两棵栋树之间，树干分别位于他们两家相邻的石墙边，一家一棵。看上去就像一对大树夫妻怀里抱着一间房子，正在手拉手跳舞呢。一条绳梯从其中的一棵树干底部一直通到树屋的活动板门那儿。门可以从里面锁上，防止入侵者的到来。树屋里有各种各样精巧的机关：有个瞭望孔，旁边放着望远镜，可以窥探外面；还有架有线电话，可以直接拨打到杜鲁和妮尔的卧室分机，以防出现紧急情况。

“哇，”他惊呼道，“我们可以再装一根消防逃生柱吗？你懂的，万一着火，我们可以很快滑下来。”

“真是个好主意，大小子，”妮尔夸他，“只要杜鲁看到这间树屋，他马上就会开心起来，恢复原样的。”

妮尔和大小子要做的就是把这些木头拉过来，如果他们有需要，再帮忙递递锤子和钉子什么的，然后就等着树屋盖完后收拾一下。

当然，事实上，他们说的比做的多多了，因为大部分建造工作是由巴德表哥和他的雇工黑人约翰·怀特完成的。他们的玉米地旁边有座年久失修的小屋子，原先用来躲避大雪的，现在还放着很多废弃不用的木头。妮尔和大小子要做的就是把这些木头拉过来，如果他们有需要，再帮忙递递锤子和钉子什么的，然后就等着树屋盖完后收拾一下。两个礼拜过去了，妮尔的计划竟然变成了现实。

杜鲁知道妮尔近来在忙着干一件事，但他不知道是什么事，因为自家房子的一角挡住了他的视线，使他没法看到石墙边上的巨变。但直觉告诉他，有件事情正在发生。每次他提出来要出去看看时，苏克和巴德总有各种理由把他留在家里。要么突然需要他帮忙，要么突然想和他打牌，或者玩一局钓鱼游戏。

不过没关系，他告诉自己，迟早会知道一切的。

天上的总部

一天早上，杜鲁被一阵响声惊醒，他觉得外面有人在打架，于是从窗户里伸出头来四处张望。他看见妮尔在那堵隔开他们两家的石墙顶上走来走去。只见她头上戴着一顶报纸做的海盗帽子，脸上戴着眼罩，遮住了一只眼睛，正在奋力和一群隐形敌人打架。看着她滑稽的模样，杜鲁被逗乐了，忍不住朝她开心地喊：“小心那些短吻鳄，它们会吃人!”

妮尔拉开眼罩，冲他笑着打招呼：“喂，你好!”

杜鲁又指指那些假想中的短吻鳄，让她当心。她从口袋里掏出一块石头，把一根木棍撑在墙上。“抓住它啦！我才不怕这些鳄鱼呢。看我的!”她试着翻了个筋斗，可脚底一滑，从墙上一把跌下来，直接摔在自家的院子里。

“妮尔?”杜鲁十分担心，不禁大喊起来。

话音刚落，妮尔突然又在他眼前冒出来，她假装在和一条垂下来的树枝打架，还冲他大声嚷嚷：“蛇，蛇！杜鲁，快来帮我！”

杜鲁披着睡衣，穿着拖鞋从楼上直奔下来。他跑到门廊上，伸出头往外看了看，但外面静悄悄的，好像什么都没发生似的。“妮尔？”他大喊了一声，溜到石墙边上，踮起脚尖，隔着墙盯着妮尔家的院子看，但还是没看到她。

“嘘，别出声！”杜鲁听到了声音，好像是从头顶的高处传来的。他循着声音往上瞧，看到两棵巨大的栎树。突然，他看到了：妮尔和大小子造的秘密总部极其宏伟地出现在他眼前。

这是他从小到大见过的最棒的东西了。

杜鲁发现两条腿从树屋入口的活动板门那儿伸了出来。尽管穿着睡衣，行动不便，他还是想爬上绳梯看看。当他爬上树屋后，简直不敢相信自己的眼睛。眼前的一切实在太完美了。树屋的一角专门用来玩弹珠游戏和打牌。另一角有块黑板，可以在上面写写画画。屋子里还放着各式各样的瓶瓶罐罐，有了这些，他们精心收藏的昆虫、石头和其他一些科学发现就不愁没地方放了。屋顶还有一扇天窗，晚上可以躺着看星星。树屋甚至还专门配备了逃生用的消防柱。最棒的是树屋的入口处挂着一块牌子，上面优雅地写着六个大字：大人禁止入内！

他从入口处爬了进去，看见妮尔正躺在一块稻草垫子上看书呢。望着眼前的一切，他惊讶得说不出话来。

“那些蛇怎么样了?”最后他总算能开口说话了。

“哦，我把它们都杀光了，”她漫不经心地回答，“我讨厌蛇。”

他注意到她正在看《罗孚男孩神秘故事系列丛书》中的一本，就在她身边扑通一声坐下来，凑过身来一起看。可她却当着他的面合上了书。

“看你自己的吧，”她边说边从枕头底下掏出一本紫色封皮的书，“这是A. C.去塞尔玛出差时带回来的。”

在门罗维尔读到一本新书可不容易。吉卜赛人偶尔会带来一些书，那是他们去远方流浪的成果。因此谁要是发现一本新书，就好像在大街上捡到一美元硬币一样让人兴奋不已。在这里，书是真正的好东西。

杜鲁扫了封面一眼，看到那个熟悉的侧影，那个抽着烟斗，戴着侦探帽的男人。“夏洛克·福尔摩斯!”他惊喜地尖叫，激动得喘着气喊。

“还不止这个呢——快看!”她伸手去够架子上的盒子，并递给他。

“这是什么?”他问道。

“一个小玩意儿，我和大小子做的。”

“是给我的礼物吗?”

杜鲁模仿神探夏洛克，假装也在抽烟：“干什么？”

“你知道的，我们的破案游戏正式开始！”她郑重宣布。

“不是光用眼睛看的礼物……是你能用上的，杜鲁。”她一边看着他一边从盒子里拿出一顶绿色的棒球帽，帽子的后沿缝了一圈布。

“这是侦探帽，和夏洛克的那顶一模一样。”妮尔自豪地解释。

杜鲁瞪着帽子呆呆地看了好一会儿，惊喜太多，他已经无法用语言表达谢意了。

“戴上试试吧。”她建议。

他小心翼翼地把帽子戴在头上，还问妮尔：“好看吗？”

“帅呆了，和夏洛克一模一样，”她边评价边提醒，“你明白我们接下来要干什么了吧？”

杜鲁模仿神探夏洛克，假装也在抽烟：“干什么？”

“你知道的，我们的破案游戏正式开始！”她郑重宣布。

杜鲁点点头，表示同意，并大声附和：“我们要做的就是找到属于我们的神秘案件。”

妮尔从架子上拿起一面放大镜，开始仔细查看一只死去的昆虫，她答道：“我有预感，神秘案件很快就会发生，我们要做的就是耐心等待。”

门罗维尔猎狗

那天晚上，下起了瓢泼大雨。整个县城好像被淹没在瀑布里一样。狂风暴雨不断倾泻下来，谁知道还会从天上掉下来什么玩意儿。杜鲁从没见过雨下得这样大，很想好好看看。可珍妮表姐不许他站在门廊上看雨。“你这是在找死啊!”她斥责他。

所以，他只能坐在黑漆漆的房间里，看着外面的暴雨，不时有闪电划过天际，照亮家里的院子，然后就是隆隆的雷声，先是声音低沉，接着越来越响，震耳欲聋，甚至把他身边的玻璃窗都震得摇摇晃晃。

在闪电的间隙，杜鲁听到了一阵奇怪的呜咽声：“你听到什么声音了吗，苏克?”

苏克正想睡觉，随口应了一句：“我觉得是你自己被闪电吓得呜呜叫。”

他又听到了呜咽声，声音是从外面传来的：“不是我，听上去好像有人在哭。”

苏克走到窗边，和杜鲁一起贴着玻璃窗往外看，他俩的脸都被压得扁扁的。正在这时，一道巨大的闪电划破天空。在炫目的亮光下，他们终于看清楚了：一只黑白色的小狗，浑身湿漉漉的，正蹲在后院发抖呢。

“啊，我的天哪！”苏克不禁叫了一声。

“是只狗，它好像迷路了，”杜鲁也嚷起来，“我要到外面去救它。”

“但是，杜鲁……”

杜鲁不听她的话，随手拽了一条毛巾，踮着脚尖，蹑手蹑脚地穿过厨房，他怕珍妮听见。好不容易挪到后门，眯着眼睛从门缝往外看，打量门外的走廊，但狂风怒吼，暴雨如注，眼前一片模糊，他什么都看不清。终于，闪电让天空又亮了一下，这一下他看清了，那只小狗正蹲在门廊台阶下面的泥巴地里呢。

杜鲁把毛巾搭在自己头上，光着脚丫，飞快地向小狗跑去。他平常就讨厌被雨淋湿，更何况现在还穿着睡衣呢。但他管不了这么多，只一心在想小狗会不会咬他。但它看上去如此无助，正瑟瑟发抖，还用一双大大的咖啡色眼珠盯着他看。杜鲁朝四处望望，周围没有一个人在它身边。

卧室的玻璃窗砰的一声被推开了，苏克的脑袋从窗口探了出来，马上被暴雨浇得湿透，她冲着他喊：“喂，不要在那儿傻站着了。杜鲁，带它进来。”

杜鲁低下头，仔细打量着小狗。它全身的毛都被大雨淋得湿透了，看上去好像饿了好久。这么长时间以来，杜鲁第一次觉得这世上还有比自己更可怜的东西。他赶紧把头上的毛巾拿下来，把小狗紧紧包住，自言自语地说：“我要叫你女王。”

女王摇了摇尾巴。

他想把小狗抱起来，但抱不动，只能半拉半抱地把它拖到了门廊上。苏克已经在那儿等着它了，手里还捧着一条干毛巾和一块鸡排。

他把狗放到地上，还没等他用毛巾给它擦干，小狗已经狼吞虎咽地啃起鸡排来了。“它饿坏了。”他怜惜地说。吃了一点东西后，小狗开始舔杜鲁的脸。“不要这样，女王。”他咯咯笑着说。

“它喜欢你。”苏克说。

杜鲁亲了亲小狗的湿鼻子：“嗯，我都给它取好名字了，就叫女王。”

苏克弯腰看了看包着毛巾的小狗，笑着回答：“它是只公狗，你不能叫它女王了，可以叫它流浪汉，也可以叫它其他男孩子的名字。”

杜鲁把毛巾搭在自己头上，光着脚丫，飞快地向小狗跑去。他平常就讨厌被雨淋湿，更何况现在还穿着睡衣呢。但他管不了这么多，只一心在想小狗会不会咬他。

杜鲁才不管小狗是公的还是母的呢。他一直就想养只狗。很早以前他爸爸答应过给他养一只，那时候他就想好了，要叫它女王。因为他曾经在梦里梦到过自己的小狗，和玛丽女王待在一起。

“小狗的名字叫女王，就这么定了。”他蹲下来伸手抱它，它马上扑到他的怀里，还伸出舌头来舔他的耳朵，“哦，我的女王，你能来我太高兴了！”

“它看起来像只猎犬，能抓老鼠的那种。”苏克说。

它的皮毛上有黑白色的斑点，杜鲁摸着它的毛，苏克又拿了一块鸡排放在门廊上，女王绕着鸡排转了几圈，还不时伸出鼻子来闻闻，接着就大口吞咽起来。

“它就是我一直想要的那种猎犬，”杜鲁兴奋地宣布，“它是夏洛克侦探侦破下一个案件的完美搭档。“

珍妮表姐房间的灯啪地一下亮了起来，杜鲁可以看到她的影子慢慢出现在窗边，他着急地压低声音喊：“快，苏克，趁珍妮还没发现，赶紧把它弄进去。”

他们手忙脚乱地把女王用毛巾裹起来抱进家门。女王开始挣扎着呜咽起来。杜鲁贴着它的耳朵，轻轻对它说：“嘘，别吵，一切都会好起来的。”它好像听懂了似的，马上安静下来。

他们安全到达卧室之后，苏克又拿来一些吃的和一碗水。女王很快适应了新环境，不吵也不闹。杜鲁在角落里给它搭了一张小床，紧挨着他心爱的飞机三轮车。女王已经筋疲力尽，杜鲁一给它安顿好，它就扑通一声躺下来睡着了，很快就响起了小狗的呼噜声。

“我们可以养女王，对吧，苏克？”杜鲁不放心地问。

他看得出来苏克也很喜欢这只狗，她答道：“嗯，只要珍妮没发现，我们就可以暂时把它养在这儿。万一她发现了，你就只能自己想办法处理它了。”

“别担心，珍妮不会赶走一只无家可归的小狗，”杜鲁安慰她，“至少像女王这样可爱的小狗是不会被赶走的。”

可没过几天珍妮就发现了小狗，因为他俩的房间里总是传出奇怪的叫声。这天杜鲁刚从妮尔家回来，就看见珍妮表姐等在门廊上，女王被她用绳子拴着，蹲在一旁。苏克也坐在边上，一脸悲伤的样子。

还没等珍妮开口，杜鲁抢先行动了。

“女王！”

一听到杜鲁的呼唤，女王马上挣脱珍妮手中的绳子，跳下台阶，朝他冲去。杜鲁张开双手，跪在地上迎接它。女王一头扑进他的怀里，他紧紧抱着小狗，小狗把他的脸舔了个遍。“哦，我的女王。没有你我该怎么办呢？你永远不会像我爸妈那样抛弃我，对不对？”说着，他把自己的脸埋进小狗毛茸茸的脖子里，心里很清楚这下珍妮再也不会赶女王走了。

果然，珍妮叹了口气，无奈地说："那好吧，你可以留下它。但你得保证要好好照顾它，给它吃我们吃剩的东西，不能让它打扰其他人。当然，小偷除外。"

"遵命，女士！"杜鲁开心地跑上台阶去拥抱珍妮，他感到她的身子僵硬了一下，马上就放松下来，严肃的神情融化在他张开的胳膊里。

当然，凯莉是坚决反对养狗的。她对他们嚷嚷："这种杂种狗，你们要养也只能养在院子里。"

"不行，女士。它要和我们住在一起，就住我们的房间，对吧，苏克？"

苏克点头支持他。

巴德显然很喜欢女王。他摸着这只杂种狗的毛骄傲地说："咱们以前可没养过这么好的猎犬，它都可以去抓浣熊了。"

"拜托，女王是只侦查犬，他的鼻子要用来干更重要的事，比如破案。"

"你这小子，有啥事儿能比抓浣熊更重要呢。"巴德笑着回答。不管怎么说，他还是很喜欢女王围着他转。这只狗很快成了家庭的一员，尽管这个家庭的人员结构有点古怪。

不久以后，凯莉开始给狗上课了。她备新课时，总希望有人当学生，可家里谁都不肯听她上课，只有女王愿意配合她。

可疑事件

妮尔他们喜欢带着女王四处闲逛。作为一名侦探，当然得有一只猎狗陪在身边。可惜没有案件等着他们去办理。

一天，杜鲁和妮尔带女王出去散步。他们像往常一样，无聊透顶，有一搭没一搭地聊着，突然看到卖鸡蛋的埃德正鬼鬼祟祟地趴在艾达·斯卡特太太的窗前偷看。

“你觉得他到底在干什么？难道他是个偷窥狂？”杜鲁问妮尔。

妮尔向来不喜欢绕圈子，她直截了当地冲埃德喊了一声：“喂，埃德！你在干吗？”

埃德转过头来看看他们，一脸担心的样子。还没等他开口，女王突然疯狂地嗅个不停，还把他俩一个劲地往斯卡特太太的门廊上拉。“女王，站住，别乱跑！”杜鲁呵斥它。

埃德摘下自己的白帽子，抓抓脑袋，不安地说：“是这样的，我昨天来给斯卡特太太送鸡蛋，就闻到这里有股很难闻的气味。今天我过来看看，发现她的鸡蛋还在门口，压根儿没动过，这臭味……”

这时他俩才注意到这儿有奇臭无比的味道。“天哪！这是什么气味啊？”妮尔恶心地说，“太臭啦，闻得我都想吐，早饭白吃了——”

女王突然挣脱杜鲁手里的牵绳，绕着门廊的一边自己嗅着往前走。

“女王，回来。”小狗叫不回来，杜鲁只能跟着它走，越走臭味越浓。女王领着杜鲁转过房子的一角，来到后院。这时它突然变得疯狂起来，上蹿下跳，不停地狂吠，好像它的脚被火烫到了一样。

妮尔不想让杜鲁继续往前走，就喊了一声：“别走——”

“没准这是我们一直想要破的大案呢！”他打断妮尔的话，兴奋地回答。妮尔有点害怕，不敢往前走。杜鲁却一直跟着女王，走到后院，满脑子都是斯卡特太太被谋杀或重伤的场面。

这时他看到了臭味的真正来源，惊讶地待在原地，一动不动。

妮尔不敢走过来看，隔着一段距离问他：“你看到什么了，杜鲁？”

“我觉得我已经知道什么东西在发臭了……”他目瞪口呆，大半天才回了一句。

“是斯卡特太太吗？”她赶紧问。

杜鲁点点头。

“难道她……”

“死了。”他说。

一听这话，妮尔拔腿就想跑，但不知怎的，她的双腿不听使唤，反而向杜鲁站的地方挪去。

“这儿还有别的……”他吞吞吐吐地说。

“什么？”她战战兢兢地问，“我能看吗？”

“不能看！”他伸手制止她过来，“我觉得它死了好久了。”

“你怎么知道的？”她觉得一阵恶心，感到自己吃下去的早饭已经涌到喉咙口，就差一口，马上会吐出来。

“呃……一大堆蟑螂。”

妮尔极力不去想脑海中那可怕的画面，又忍不住想问清楚：“一大堆什么？”

“蟑螂。有上百只呢。在她腿上爬来爬去……还有胳膊上……有的还在她嘴巴里——”

这时，卖鸡蛋的埃德也来到妮尔背后，大声问杜鲁：“这讨厌的臭味是从哪儿来的？”说着，他绕过屋角，走到后院，先和杜鲁一样，停住脚步，接着就哈哈大笑起来。

“可以做个大火球啦！”卖鸡蛋的兴奋地喊，“这东西可比被闪电打到的傻瓜还有意思！”

妮尔再也忍不住了，强烈的好奇心让她在屋角伸出脑袋，往后院瞟，终于看到了他们说的东西：不是斯卡特太太的尸体，而是一堆腐烂发臭的垃圾，垃圾上头堆着好多个臭鸡蛋，都放了好几个礼拜，已经彻底腐烂了，蛋液到处流淌，上面还爬满了厚厚的一层蛆虫！

卖鸡蛋的边笑边说：“哈哈，这女人一直抱怨鸡蛋涨了一分钱，说要给我们农场送一份大礼，来报复我们。现在我明白为啥那么长时间她都没把礼物送来，原来这份大礼得等好几个礼拜呀。哦，天哪，这礼物已经足够臭啦，我的老板一定会喜欢的！”

妮尔本来想报复杜鲁一下的，谁叫他捉弄自己这么久，但一听这话，她也忍不住哈哈大笑起来。

“我就是有本事让你上当，对吧？”杜鲁又冲她开玩笑，“可惜你没看到自己刚才那副吓破胆的模样，妮尔·哈珀！”

她没法回嘴，脸也一下子羞得通红。女王过来舔舔她的光脚丫，这才让她回过神来，开始反驳：“哼，如果你真聪明的话，告诉我斯卡特太太在哪儿？她可能真的死了，你知道的，她被困在屋子里，死了好久，尸体都腐烂了，就是因为这堆垃圾，我们才没闻到她的臭味！”

杜鲁不以为然地耸耸肩，随口说：“说得好，如果真是这样，不就有大案等着我们去破了吗？对吧，华生?”

这当然只能是他们的想象，要想当侦探破案，他们得耐心等待，机会总会有的。但通过这次事件，杜鲁发现女王很有用，可以成为破案小组的合格成员。

神秘屋

夏天慢慢过去，转眼就到了九月，秋天来了。杜鲁也过完了他的八岁生日（生日聚会时他父母居然很难得地来了一趟）。在此期间，没有任何有意思的神秘事件发生。不过有件事倒值得一提，那就是杜鲁开始上学了，在门罗维尔文法学校上三年级，但说实话，他不喜欢上学。因为他的绝顶聪明让老师很为难，不知道该拿他怎么办才好，尤其这位老师就是他的表姐凯莉。

“你聪明过头了，结果就是聪明反被聪明误。”凯莉在他上学第一天就这么说他。

“我怎么会聪明过头呢？我们来上学不就是为了变得更聪明吗？”他不服气地问。

“你问的那些乱七八糟的问题让我都没法好好教你了，”

凯莉训斥他，“你都八岁了，该懂的不懂，不该懂的拼命问。”

每天上学对他来说都是一场和凯莉的斗争。他想做的就是在学校里看故事或者给同学们讲故事。但凯莉既不让他读，也不让他讲。他比班里的其他孩子都读得快也读得多，凯莉对此感到十分震惊，他的那些关于老虎或者和他爸爸一起探险的历险故事在凯莉看来都是假的，是天花乱坠的满口谎言，她不许他讲这些，说会给班里其他同学带来坏影响。每次他讲这些“谎话”的时候，她就会用尺子抽打他的手。到了周末，他的手常常被打得又红又肿，而且红得发亮。

因为经常挨打挨批评，杜鲁开始不喜欢上学了。对他来说，礼拜一往往是最难熬的，因为还得受整整一个礼拜的罪。所以一到礼拜一，他就和妮尔还有“大小子”一起磨磨蹭蹭地去上学，尽情享受上学路上的美好时光。他们要么一路探险，要么吓唬走在路上的其他孩子。尤其是每次经过波勒家时，他们总会停下来，窥视一番。

波勒家和妮尔家只隔了两户人家。大小子说这肯定是一栋鬼屋。房屋的外观看上去就是一副脏兮兮，不吉利的样子。房子被一圈古老的山核桃树包围着，大树浓密的枝叶遮挡了所有的阳光，再加上常年紧闭的百叶窗，哪怕是在太阳高照，天气晴朗的日子，它依旧显得忧郁，凄凉，而且阴暗。有时候，大小子都不敢从它门前经过，宁愿跑到马路对面走，说是鬼屋在盯着他看。

这房子是波勒先生的。他是全县最自私最卑鄙的人，因为他从来不跟任何人打招呼。据妮尔说，他的一个女儿被鳄鱼吃掉了，从那以后，他家就不像个正常人住的房子，倒像一块孤独的墓地。尽管他还有一个太太、一个儿子和另一个女儿，但他家已经没有任何欢声笑语，不再是个幸福的家庭了。

“看，他来啦。”一天他们经过波勒家门口时，杜鲁突然低声提醒。像往常一样，波勒先生穿着一身黑西装，戴着一顶乌黑的圆顶高帽，手里还拿着一把伞。他又高又瘦，看起来像殡仪馆的工作人员，正笔直地朝他们走来，两眼空洞无神，好像在看别的东西一样。

“打个招呼呀。”杜鲁轻轻推了妮尔一下，催她开口。

妮尔摇摇头，又用胳膊肘顶了大小子一下，让他开口：“你来。”

大小子倒抽了一口冷气。波勒先生马上就要走到他们面前了，他只能开口打招呼：“嗯，早上好，波勒先生，”他急促地说，因为紧张，声音又尖又细，“波勒太太怎么样……”还没等他把话说完，波勒先生已经从他们身边大步跨过去了，好像他们压根儿不存在一样。一股寒意从杜鲁的背后油然升起，他又惊又怕，感觉刚才从身边经过的男人吸走了他们身上所有的元气。

“苏克说他从来不和别人打招呼，谁都不打。”过了好一会儿，杜鲁才开口。

“苏克怎么知道的?”妮尔说，“从小到大我从来没见她出过门。”

“不管怎么说，他是个怪家伙，”大小子总结，“不过，我倒不怎么怕他，我怕的是——快看!”

大小子一把把他们拉下来，蹲在波勒家破旧的篱笆墙外面，大小子用手指指楼上房间的窗户，杜鲁马上看到了——窗帘居然被拉开了一角，有个阴暗的人影正躲在窗帘后面盯着他们看呢。

“看到了吧，我怕的是他，索尼……”

索尼是波勒先生的儿子，有十几岁了。总有谣言说县里发生的一些怪事儿都是他干的。苏克给他起了个绰号，叫他“咕呱”，因为他总是自言自语地发出“咕呱咕呱”的声音，活像乌鸦叫。人们说他把松鼠抓来，剥了皮生吃，如果仔细琢磨他的眼神，估计这事儿是真的。他的眼睛又大又圆，一直瞪着，从来不眨眼。人们都在传是他杀了伯西太太家的黑猫，并把它的肚子剖开，还把猫的尸体塞到马路边的树洞里。他长得看上去就让人毛骨悚然——对这儿附近的所有孩子来说，他就是恶魔的化身。

杜鲁把身子藏得更低，为了避开窗户里那双紧盯着他们

大小子一把把他们拉下来，蹲在波勒家破旧的篱笆墙外面，大小子用手指指楼上房间的窗户，杜鲁马上看到了——窗帘居然被拉开了一角，有个阴暗的人影正躲在窗帘后面盯着他们看呢。

的眼睛。“他确实把我吓得够呛。昨天傍晚，我出来散步，经过这片篱笆的时候，就听到一阵奇怪的咕呱叫……呱！呱！”杜鲁开始绘声绘色地讲起来，“我透过篱笆往里面一瞧，就看到一双洋娃娃一样的大眼睛正在瞪着我。”

“哦，天哪！”妮尔惊叫，“不会是索尼吧？”

杜鲁点点头：“就是他！他居然跟我说话了。他说，‘你是我见过的最漂亮的小男孩’。一听这话，我就赶紧开溜，但他突然从篱笆后面伸出手来，想抓住我！”

“那你呢？”

“我当然跑开了！但他在背后喊我来着：‘回来！别怕，我不会伤害你的。’于是我停下来，回头看看，发现他一直站在那里看着我，他看上去，怎么说呢，很孤独。我耸耸肩，冷冷地告诉他我得回家了。他的脸一下子就沉下来，开始气愤地使劲撞篱笆，嘴里还发出咝咝的声音，警告我：‘给我回来，不然你会后悔的，敢不听我的话，你连死都不知道怎么死的！’”

这时大小子突然从妮尔背后伸出手来，一把抓住她。她吓得大声尖叫起来，和其他小姑娘一模一样，杜鲁和大小子看着她，乐得哈哈大笑。

重大线索

今天是周三，今天早上发生了不同寻常的事。一大早，杜鲁和妮尔像往常一样，从家里出门去上学。刚走到路上就看到大小子一蹦一跳地跑过来，兴奋地冲他俩大声嚷嚷：“听到消息了吗？”

“什么消息，大小子？”杜鲁睡眼惺忪地问。

“有人抢劫了药店！”

杜鲁开始清醒过来，眨眨眼睛，看看妮尔，又回头看看大小子：“哦……被偷了什么吗？”

大小子急切地点头，还加油添醋地说：“我们学校的玻璃窗也被人砸了！”

一听这话，杜鲁眼睛一亮，立刻转头对妮尔说：“你知道这意味着什么吗？”

“当然，我们终于有案子要破啦，夏洛克！”妮尔心领神会地回答。

杜鲁满意地笑着说：“游戏总算开始了，华生。”他伸手到书包里掏了掏，掏出了那顶侦探帽，边戴边说：“我说对了吧，得时刻准备着，瞧我的。”

他又从书包里拽出一支旧的玉米穗轴做的烟斗，它原来是巴德的，杜鲁正想把它塞进自己的嘴里，突然看到妮尔正冷冷地瞪着他，便不好意思地把烟斗递给她，还讪讪地说：“哦，这烟斗该你来抽，因为你扮的是华生博士。”

大小子看着杜鲁，一脸失望地问：“那我呢？我该扮谁?”

妮尔插嘴：“你嘛，当然是那个永远没有线索的傻探长啦，你这呆子。”

杜鲁一本正经地纠正她：“你说错了，莱斯特雷德探长是警察总局最出名的警察。也是我们破案小分队的得力助手。”说着，他又从书包里掏出一个放大镜递给了大小子。

接过放大镜，大小子眉开眼笑，非常满意地问：“探长比华生博士还有名吗?”

妮尔不屑地翻了翻眼珠，白了他一眼。但杜鲁却没心思回答他的问题，他眺望着远处法院的大钟，提醒他俩：“离上学还有二十分钟。”

“十五分钟，大钟永远慢五分钟。”大小子纠正他。

杜鲁重新计算了一下时间，急切地说："那我们得抓紧了！探长，带队前进！"

大小子得意地冲妮尔吐吐舌头，转身带着他们直奔门罗维尔药店，药店有个冷饮柜台，他们几个经常在那儿买冷饮喝，顺便消磨时间。

当他们跑到药店的时候，妮尔的爸爸A. C.已经在那里了。他穿着咖啡色的马甲和西装，戴着框架眼镜，站在店门口和一个满脸胡子的警察谈得起劲，在讨论满地的碎玻璃是怎么回事。

杜鲁不以为然地摇摇脑袋评价道："看来我大哥A. C.又比我们先来一步了。"

妮尔又对他翻了翻白眼，讽刺他："我爸可不是你大哥，要不然你就成了我叔叔，我可没有你这么矮的叔叔，别胡说八道。"

"我也糊涂了，"大小子跟着问，"难道A. C.真是你大哥？"

"早上好，A. C.。"妮尔冲着她爸大声打招呼，但他没有回应，只是瞟了她一眼。私底下他不介意女儿叫自己的绰号，但在公共场合，他还是希望她能喊他爸爸。

杜鲁从大小子手里夺过放大镜，开始仔细观察起地面来，还不停地向A. C.打听："早上好，先生。有什么线索吗？"

A. C.把眼镜往下压压，认真看了一眼这个充满好奇的小男孩："你就是杜鲁，对吧？我经常听到有人提起你，说你是整个门罗维尔县最聪明的孩子。"

居然有人对自己有这么高的评价，杜鲁一脸疑惑地转头去看妮尔，妮尔羞得满脸通红，杜鲁也不由自主地脸红了，便不好意思地向她爸爸解释起来：

"先生，我看了很多书，人们说我比实际年龄要成熟，聪明可能指的就是这个吧。"

"哦，这是好事，只要你不像你爸爸那样——" A. C.不由得脱口而出，突然意识到自己说漏嘴了，赶紧纠正，"我是说……" 他话音一停，上下打量杜鲁，毫无疑问，他是县里穿得最时髦的小男孩，"我听说你很会玩猜字谜游戏，找个星期天，来我家陪我一起猜字谜怎么样？有些字太难猜了，我总是猜不出来。"

一听这话，杜鲁下意识地想去掏自己的袖珍小词典，但他突然意识到如果是真的夏洛克在场，就不会像他这么沉不住气，于是他模仿夏洛克的语气答了一声："毫无疑问，当然可以。"

A. C.向来很严肃，但看着杜鲁一本正经的模样，也忍不住微笑着回答："那我太荣幸啦。"

妮尔用她的烟斗指指杜鲁，迫不及待地插嘴："A. C.，难道你不知道他就是我们的夏洛克·福尔摩斯吗？"

“对，我也有份，我是探长莱斯雷德！”大小子也兴奋地加入，为了显示自己也有侦查工具，连忙从杜鲁手里抢回放大镜。

“哦，我明白了。你们来这儿是为了帮我们破案的，对不对？”A. C.恍然大悟。

妮尔的爸爸A. C.是整个门罗维尔县最好的律师，一旦有案件发生，他总会被第一时间请到现场，并给出专业意见。他慢慢地查看一下自己的怀表，接着说：“嗯，你们三位，探长大人，福尔摩斯先生，华生博士……真正需要破解的神秘案件是你们为什么不去上学，都这时候了还在这儿待着？”

杜鲁装作没听见，用自己的白皮鞋无聊地踢着地上的碎玻璃，然后跨过一地的玻璃碴子，挪到药店窗户前，瞪着眼睛往里面看，还边看边问：“什么东西被偷啦，大哥，哦，不，李先生？”

见杜鲁如此执着，妮尔的爸爸叹了口气，无奈地回答：“确实有东西被偷了。两分钱一根的棒棒糖丢了几根，外加一块板烟（压制成扁形的烟草块）——”

杜鲁立刻拿出一本小记事本认真地记录下来。他总是随身带着这本小本子，随时记录自己观察到的事物。通常，他只能在本子上记录清晨的阳光如何穿透晨雾照在小溪上，或者自家院子里蓝色绣球花盛开时的香味。

但这次可大不一样，记的是正儿八经的事。“华生博

杜鲁立刻拿出一本小记事本认真地记录下来。他总是随身带着这本小本子，随时记录自己观察到的事物。

士，你记一下。很明显，罪犯是个十几岁的男孩，这一点我可以确信，也有可能是两个。”

妮尔迅速抽出自己的笔记本，也开始写起来，边写还边问：“你为什么这么想呢，夏洛克？”

杜鲁转头对妮尔的爸爸说：“如果罪犯是个大人，而且是惯偷的话，他会撬锁偷钱或其他一些值钱的东西。”说到这里，他又瞟了一眼地上的玻璃碴，“可如果是个男孩子就不一样了，他不会撬锁，只会在这儿附近的地上随便找个东西来砸玻璃窗。嘿，瞧我看到了什么……”

他弯腰从地上捡起一块石头，个头有大号弹球这么大。他举着那块石头，凑到光线底下仔细检查，然后把它塞进自己的口袋里，总结了一句：“女孩子可能会来偷糖果，但又偷糖果又偷香烟的只可能是男孩。”

大小子马上接着说：“那好办，我们把门罗维尔县每一个男孩都查一遍，只要他又吃糖果，又嚼烟草的话，就肯定有嫌疑。”

妮尔摇摇头，表示不同意：“咱们这儿十几岁的男孩子，哪个不是这样的？工作量太大，我们得缩小嫌疑犯的范围。”

妮尔的爸爸清清嗓子，终于开口了：“你们说的都很有道理，可我还得补充一点……还有一枚浮雕胸针也不见了。”

“浮雕胸针是啥？”大小子疑惑地问。

“就是一件漂亮的珠宝首饰，上面有雕刻精美的图案，”杜鲁向他解释，“珍妮表姐也有一个，可贵了，值好多钱呢。”

A. C.弯下腰对他们轻声说：“这件首饰很特别，是一枚翡翠胸针，上面刻着一条蛇。蛇的眼睛还是红宝石做的。”

一听这话，杜鲁急切地点点头，兴奋地喊了一声：“太棒啦，珠宝大盗现身了。”

“有这个可能，但也有可能是孩子干的，他觉得这东西漂亮，就随手拿了，”A. C.说着掏出怀表，又看了一眼时间，“孩子们，不管是谁干的，你们只有四分钟赶去学校了，不想迟到的话，就在路上好好琢磨这事儿吧，快点。”他轻轻推了妮尔一把，催她快走，她只能不情愿地挪动脚步，边走边回头，还不放心地问：

“你会告诉我们今天下午你们的发现，对吧，A. C.?”

A. C.冲他们使了个眼色，向他们保证：“会的，肯定会告诉你们。”

就因为这句话，杜鲁一路走一路笑，开心极了。

证据确凿的案件

他们三个急急忙忙赶到门罗维尔文法学校的校门口，杜鲁突然看到学校正门口的地上也有一大摊碎玻璃。凯莉正和其他几个老师一起领着孩子们走侧门进学校呢。

“你觉得这两桩案件相关吗，夏洛克?”大小子举着放大镜，仔细查看，并问杜鲁。

“当然有关啦，还用得着问吗?”杜鲁边答边挤进排队进校的队伍中。但只要凯莉不盯着他，他就马上从队伍里溜出来，装作漫不经心的样子踱到学校正门口，年老的看门人汉德森正在打扫地上的碎玻璃。

“早上好，汉德森。”他边打招呼边抬抬帽檐，表示礼貌，并开始仔细查看地面，想要寻找线索。

“早上好，杜鲁，”汉德森瞪着杜鲁古怪的帽子看了看，搭讪说，“今天早上实在是一团糟啊。”

正门口的台阶上一堆碎玻璃中有样东西突然吸引了杜鲁的目光。

“你好哇……”他兴奋地自言自语，弯腰从碎玻璃中捡起一块小石头，仔细研究了一会儿，又从口袋里掏出另一块石头，那块是他几分钟前在药店门口发现的。它俩几乎一模一样。

汉德森也看到了他手里的石头，对他说：“把它扔到旗杆那边去吧，那儿有一堆这样的石头呢。”

在汉德森的眼皮下，杜鲁慢悠悠地朝旗杆那边的石头小花园走去。那里的石头都一样大小，颜色也相似。

“又有新线索啦，”他摸着手里的石头，满意地自言自语，“得来全不费功夫，谢啦，汉德森。”他走到看门人看不见的地方，突然拐了个弯跑向侧门，挤进正在排队进校的孩子们当中。

“嘿，你去哪儿啦?”大小子问他，“有线索吗?”

杜鲁点点头，给他们看自己捡的两块石头：“你们看出什么名堂了吗?”

妮尔一把抢过大小子的放大镜，仔细查看石头，犹犹豫豫地问：“它们，嗯，难道是一样的吗?”

“没错，华生博士，它们就是一样的。县里两个地方的玻璃窗在同一个晚上被砸碎，你们不觉得古怪吗？傻瓜都能想到这两件事儿有联系，而且用的作案工具都是一样的。”

杜鲁指着前面的石头花园提醒他俩，妮尔和大小子这才恍然大悟，对他敏锐的观察力佩服得不得了。杜鲁继续发表意见：“据我的判断，他们先是砸了学校的玻璃窗，觉得不过瘾，就又去了县里的药店，把那儿的玻璃窗也砸了。”

“可这些石头太小了，能砸得动那么大一块玻璃吗？”妮尔不解地问，她模仿华生博士的样子，假装在吸烟斗。

“小，子弹还更小呢，打不死人吗？”杜鲁轻蔑地回答，“现在我们需要关心的问题不是玻璃窗是怎么碎的，而是谁把它们搞碎的。”

“是谁呢？”大小子马上问。

“你问到点子上了，”杜鲁得意地分析，“是某个生气的学生干的，还是心怀怨恨的老师干的？我们得先调查清楚学校里是不是也丢东西了。”

“对呀，这里可能有更多的胸针呢，”大小子马上附和。

“没错，连你的脑袋可能都是胸针做的，大小子。”妮尔讽刺他。

“别说了，小心点儿。”队伍正向凯莉表姐靠近，杜鲁赶紧提醒他们。凯莉把上衣的领口扣得紧紧的，高高的领子好像在掐着她的脖子一样，让她透不过气来，随时有可能晕倒在地。她和往常一样，脾气暴躁。对她来说，看管一群孩子排好队，让他们乖乖进校门，就像照看一群小猫一样麻烦，实在太累了。她讨厌猫，当然也不喜欢淘气的孩子。

杜鲁刚想和她说上几句：“凯莉表姐，我想……”

“杜鲁，你没看见我们正忙得要命吗？这次事故让我们今天的教学计划全部泡汤。”

“哦，关于这次事故，你知道是谁……”

“少废话，我都快累死了。听着，回你的队伍里去！”她不耐烦地应了一声，又大声责骂另一个学生，那孩子才离开队伍两步而已。

“可是，凯莉，到底是谁……”

凯莉气得一把拎起杜鲁外套的领子，火冒三丈地瞪着他，还骂他：“我警告你，不要给我惹麻烦，顺便把这顶傻帽子给我摘了。”

杜鲁被她拎得两脚离地，满脸涨成了紫红色，只能点头对她表示屈服。妮尔和大小子吓得不敢抬头，连大气都不敢出，乖乖地跟着队伍一步一步往前挪。

“她对我发疯是因为我比其他学生的学习程度高了整整两个年级，”杜鲁压低嗓门对妮尔说，“有时候上课我得装作听不懂，那样她的脾气才能稍微好点儿。”

“你去试试，看她愿不愿意搭理你，大小子。”妮尔怂恿大小子。

大小子不敢试，刚才凯莉凶神恶煞的样子吓到他了。

妮尔不以为然地把两只胳膊抱在胸前，发表意见：“我觉得她也不见得什么都知道，不值得在她身上浪费时间，跟你们一起行动很没意思，我还是自己去打听点儿什么吧。”

好不容易熬到吃午饭的时候，妮尔绕路躲过了老师的看管，直接去找看门人汉德森。她有预感，他可能知道一些别人不想让她知道的事。因为他总是早上第一个来，晚上最后一个走。他一定看到了什么。

“嘿，汉德森。今天过得好吗？”妮尔满脸堆笑地跟他打招呼。

汉德森狐疑地看了看她，心里很奇怪她和杜鲁怎么都来和他套近乎。太阳从西边出来了，平时他俩可是从来都不搭理他的。

妮尔那双大大的淡褐色眼睛满是笑意，笑眯眯地问他：“我在想……您应该猜得到是谁在我们学校里做了这么可怕的事情。”

汉德森不安地瞥了她一眼，他可不想惹麻烦。“呃，妮尔小姐，到底是谁干的，我也不能确定。不过孩子们都在说可能是巫师干的，因为什么都没丢，只在约克校长的办公室里发现了一堆山核桃壳。还有——”他四处张望了一下，怕有人偷听，“黑板上画了一条很大的蛇。”

“又是一条蛇！”妮尔脱口而出。

汉德森点头附和：“是啊，我也觉得这事儿很古怪。”

妮尔突然想到了什么，兴奋得瞪大眼睛问：“那条蛇长什么样?”

汉德森不以为然地耸耸肩膀，答道：“画得很粗糙，看不出来是什么蛇。就像一个巨大的英文字母S，眼睛还是粉红色的。”

“粉红色?”妮尔有点不相信。

汉德森掏掏口袋，摸出一支粉红色的粉笔，解释道：“我猜他本来想画大红色，没有那种粉笔，只有这种粉色的粉笔画出来最接近大红色。”

妮尔迫不及待地想把自己的重大发现告诉杜鲁和大小子。学校刚一放学，他们三个就聚在秋千架那边，谈起这桩案件来。

妮尔把山核桃的事，尤其是画了一条蛇的事原原本本地告诉了他们，杜鲁一听，也很激动。他兴奋地分析：“这两条线索非常重要，华生博士。这就是说，第一，嫌疑人爬过山核桃树，但我们学校里没有这种树。第二，他或者他们可能对我们校长有意见。第三嘛，嗯，他一定很喜欢蛇。可能嫌疑人属于某个秘密蛇类社团组织。”他边说边得意地打了一个响指：“可能是蛇帮。”

“是红眼蛇帮吧，”大小子咯咯笑着纠正他，“想起来了，我那个还不会走路的小妹妹有一次得了红眼病，还把我给传染了呢。”

“会不会是哪个农民家的孩子干的?”妮尔不太肯定

地问。

“农民的孩子怎么可能来砸学校的玻璃窗，还留下一地的山核桃壳呢？再说了，他偷浮雕胸针有啥用呢？”杜鲁来回踱步，仔细分析，“还有，画的那条蛇到底是什么意思？是某种威胁吗？”

“嘿，大家都喜欢吃山核桃，农民的孩子也不例外。胸针他可能想当礼物送给他妈妈吧？”大小子随口猜道。

杜鲁听都不听他的话，只顾着和妮尔商量：“看来我们得去和约克校长谈谈，打听一下谁和他结仇了。”

“谁和他结仇我不知道，但我知道大伙儿都不喜欢他，”妮尔回答，“可谁会跟他开这样的玩笑呢？”

“谁那就难说了，可能是犯罪分子，也可能是有人在恶作剧。不管怎么说，我们都必须和校长谈谈，才能锁定嫌疑人。”杜鲁说。

“我们怎么才能和校长说上话呢？总不能随随便便闯进他的办公室，问他一大堆问题吧。”妮尔感到很为难。

杜鲁拿出笔记本，胸有成竹地说：“作为学生当然不能随便和校长谈话，但作为记者就可以啊。”

普通的嫌疑犯

“你们是记者？”校长狐疑地问他们，一脸不相信的样子，“孩子们，我可没工夫玩这样的无聊游戏。现在已经放学了，你们的爸妈可都等着你们回家呢。”他们的男校长急匆匆地嚼着夹着香蕉和蛋黄酱的三明治，正在试穿一件戏服。

“不着急，我们经常等到要吃晚饭的时候才到家的。”妮尔问校长，“您为什么要穿这件戏服呢?”

“你们非要知道的话，那就告诉你们吧。今年的农业节上由我来演《李尔王》里面的老国王。现在我得赶去排练，快迟到了。”

杜鲁打量了一下办公室，已经没有任何作案的痕迹了。他扑通一下坐在校长办公桌对面的大椅子上。椅子又高又大，他的脚都够不到地面，只能来回荡着。“请问您现在有时间接受《门罗期刊》的采访吗?”他像模像样地把铅笔放在笔记本旁边，做好采访准备，就像真的记者一样。

校长一时拿不定主意，瞟了妮尔一眼，他知道她爸爸是这份期刊的主编。妮尔赶紧向他证实：“没错，去年杜鲁写的故事拿了大奖，我们正打算合写一份关于偷窃案件的报道，我们都是，嗯，初级侦探。”

“错了，我们是专门负责案件侦查报道的记者。”杜鲁赶紧纠正她。

“我们已经知道关于山核桃和蛇的事了，先生。”大小子得意地补充。

校长看上去有点不安。他知道杜鲁性格很执拗，非要和他们讲道理反而会花更长时间，还不如配合他们一下。于是他硬生生地挤出一丝笑容，虚伪地问：“孩子们，你们到底想要知道些什么?”

“哦……”杜鲁故意把这一声“哦”拖得长长的，存心想让校长知道自己已经了解很多内情了。“当然了，您告诉我们的事我们一定会保密的。是一个学生干的吧，我怀疑……您怕蛇吗?”问完这话，他仔细观察校长的表情，等着他的反应。但校长显然不明白也懒得去明白杜鲁这种前言不搭后语的提问方式，虽然问题古怪，但却是杜鲁精心设计的。

“您讨厌吃山核桃吗?”大小子接着问,“或者……”

“校长先生,”妮尔打断大小子的问题,开始插嘴,尽管在操场上因为欺负同学,她臭名远扬,但如果有需要,她也可以装出一副很温柔,很善良的样子,“我们就想了解事实真相。我们需要提醒学校里的同学们注意什么吗?因为我很担心他们的安全问题。”

校长只能再次坐下来,坐在自己的椅子上郑重地向他们解释:“同学们都很安全,不需要提醒。我们认为这次事件只是孩子气的恶作剧而已。还有,我本人不怕蛇,也不讨厌吃山核桃。至于是谁在恶作剧,我们也猜得到,不过那几个学生已经不在这所学校上学了。我能说的只有这些了。”

一下子得到这么多线索,杜鲁激动不已,他身体向前拱着,急切地问校长:“这么说来,你们已经知道是谁干的了?他们被抓起来了吗?”

校长冲他摆摆手,不耐烦地说:“没有人被抓,关于这件事也没有什么特别的故事。还有,按照规定,我们不可以泄露学生的名字,尤其是向你们这种……媒体。好了,我得赶紧走了,他们都等着我去社区剧院排练呢!”

杜鲁、妮尔和大小子一路上都没有说话,三个孩子沉默地走过县中心广场,在长满橡树的阿拉巴马大街上穿过。这些古老的橡树就种在大街的中心地带,年代久远,郁郁葱葱。马路上跑着许多四轮运货马车,马蹄扬起的灰尘一团一

校长冲他摆摆手，不耐烦地说：“没有人被抓，关于这件事也没有什么特别的故事。还有，按照规定，我们不可以泄露学生的名字，尤其是向你们这种……媒体。好了，我得赶紧走了，他们都等着我去社区剧院排练呢！”

团的，给周围所有的东西都蒙上了一层昏暗的薄纱。连商铺的窗户和门廊上都覆盖了一层红色的沙尘。

“唉，校长说的那些对咱们没有任何用处。”大小子沮丧地说。

杜鲁听不下去了，开始训斥他：“探长，要想破案，你得琢磨证人的证词，听出话外之音，从中找出蛛丝马迹来。依我看，校长没说真话。他说是以前的学生干的，你们信吗？倒像是校长的死对头为了报复他来捣乱的。约克校长肯定对我们隐瞒了什么。”

说到这里，他突然在马路当中停下脚步，人没动，思绪却如马车一样飞奔起来。

“你在想啥，杜……福尔摩斯先生？”大小子刚想喊他名字，临时又改了口。

杜鲁转身向路边的商店走去，用手在蒙了一层沙尘的窗玻璃上写下三个字：嫌疑犯。并对他俩说：“咱们需要列一个嫌疑犯名单。咱们这儿爱惹是生非的人都有谁呀？”

妮尔几乎不用考虑，就报出了一长串名字：“那群常去哈特磨坊边游泳的男孩子就有很大嫌疑。比利·尤金和他的同伙……哈奇，杜飞，和那个让人恶心的特威格斯·巴兹。”

“沃斯·琼斯是不是也得算一个？他总是鬼鬼祟祟的。”大小子补充道。

“那个瞎子船长沃斯·琼斯吗？”妮尔惊讶地问，“他年纪很大了。我猜他从来没去过我们学校，再说了，他是个瞎子，怎么可能呢，你这个傻瓜！”

“不过是猜想而已嘛。”大小子挨了骂，不服气地嘟囔。

“或者……嗯，附近的恶霸也有可能吧？”杜鲁又问。

大小子和妮尔面面相觑，一时不知道该怎么回答。

“怎么了？”杜鲁不解地问。

“哦，恶霸倒是有一个……他叫博斯。”大小子终于开口了。

“这家伙我怎么从来没听说过？”杜鲁追问他们。

“因为他基本不在县城里，他在泥巴镇那儿活动。你不会想和他搅到一块儿去的。”大小子说。

“没错，他提都不值得提。”妮尔又加了一句。

被他俩这么一说，倒勾起了杜鲁的好奇心。他又追问：“为啥呀？他怎么啦？”

“他是整个门罗维尔县最坏的孩子，”妮尔答道，“虽然他才十二岁，可我知道很多大人都怕他。”

“没错，我敢打赌，他可以吞下三个杜鲁你这么大的孩子，还吃不饱呢。”大小子加油添醋地说。

“得了吧，别胡说八道了，”杜鲁不屑地说，“以前我在轮船上的生活教会了我一个道理，那就是如果你胆子足够大，就可以和任何人说上话。在轮船上，我见过各种各样看起来很危险的人，可后来发现他们当中很多人都很友好，都是大好人。”

“杜鲁，你从来没和别人打过架吧？”妮尔打趣他。

杜鲁掏出自己的侦探帽，戴到头上，一本正经地说：“可以用脑子就不需要动手。我有个主意，你俩去找比利·尤金和他的同伙谈谈，我去会会这个大名鼎鼎的博斯。”

“你疯啦，杜鲁。”妮尔简直不敢相信自己的耳朵。

“当然没有，现在你们服气了吧，我是靠脑子做事，你们只能靠蛮力。”他嘲讽他俩。

“别瞎说了，”妮尔反驳他，“不过要是你真的想让那家伙儿把你打得满地找牙，我也不会拦着你。”

泥巴镇里倒霉的一天

杜鲁当然不傻，他带着女王去找博斯。作为一只猎狗，女王生性胆小，无法尽到看家护院的职责，但有它总比没它强。再说，大小子跟杜鲁提过，博斯身上的汗味儿很浓，像一只浑身散发着臭味的野兽，女王可能循着臭味都能找到他。

泥巴镇离杜鲁家只有十个街区，但真正走到这里，他才发现自己好像来到了另外一个星球一样。这里是门罗维尔县的贫民窟，主要住着黑人帮佣，还有一些穷困潦倒的白人。自从经济大萧条以来，整个门罗维尔县的人都面临失业的危险。连凯莉都担心会被学校解雇。泥巴镇也不再像往常一样，只是县城地图上的一个小角落而已，人们既不会来这个地方，也不会想起这个地方。现在这儿常有的一种氛围已经慢慢包围了整个县城，一种由绝望和失望交织而成的氛围，就像病毒，一旦被传染，就很难康复。珍妮每天都在抱怨人们在她的店里花的钱越来越少了。她担心万一人们真的开始饿肚子了，就会干出无法无天的事来。

可眼下杜鲁才不操心这些事情呢。他穿着一身合体的白色小西服，戴着侦探帽，牵着珍爱的小狗女王，走在泥巴镇里。本来杜鲁这样的孩子，哪怕待在门罗维尔县的县城里，都异常醒目，更不要说走在泥巴镇里了。在这里，经过他身边的每一个人都会停下脚步，瞪着他看。但他一点儿都不害怕。在轮船上，他曾见识过各种各样的人：赌徒、走私犯、牛仔、私酒走私犯，等等。他什么人没见过，什么场面没经历过呀，但只有在这里，他感到周围有一种异常的气氛，让他很是不安。

周围的房子只能叫窝棚，都是用废弃的木板搭的，门窗用绳子随便一绑来固定，房顶上铺着破烂的油布，极其破败。这里的人们在房前的空地上点一堆篝火，用破罐子在煮松鼠吃，因为实在没其他东西可吃。他们个个脸色蜡黄，眼窝深陷，饥饿的感觉蔓延在四周，清晰可见。

这里叫泥巴镇，不是没有理由的，只要一下雨，整条马路立刻就变成了泥巴河，现在就是如此。杜鲁发现想让自己的白皮鞋保持干净很困难，尤其是身边的女王还特别爱在污泥里打滚。但此刻他顾不上自己的鞋子，也不管周围异样的目光，他已经下定决心了。既然危险从来难不倒侦探夏洛克，那么同样也难不倒他杜鲁。

女王突然停住脚步，用鼻子使劲嗅起来。接着，它飞快地往前一冲，杜鲁被它拽着跑。“你闻到他的气味了吗，女王？你闻到了，对吧？”他兴奋地喊。

他们跑过拐角，女王突然停下来，开始低声咆哮。杜鲁知道他已经找到想要找的人了。因为他看到一个浑身邋遢的男孩子正揪着另一个同样肮脏的男孩，掐着他的脖子不放。这家伙长得有三个杜鲁那么大，肉嘟嘟的手掌正高高举起来，眼看就要冲着被他掐住的男孩砸下去了。杜鲁掂量了一下，该怎么和他打招呼，他觉得对付这种人，有话直说是最好的方法。

“我想你就是博斯吧？”

听到这声招呼，博斯巨大的脑袋慢慢转向他。对于这个还是孩子年纪的“怪兽”，杜鲁的第一印象就是他脑袋上顶着一大堆乱蓬蓬打着结的黑头发，露出一口歪歪扭扭的大牙，正在低声咆哮，一双小绿眼珠滴溜溜地转，目光炯炯地瞪着他。

看到他这副模样，杜鲁一时心慌，不知道该说什么好。半天才支吾了一声：“嗯，我在调查一桩刑事案件。嗯，正在缩小嫌疑人的范围——”说到这里，他已经毫无头绪，说不下去了。不幸的是杜鲁却成功地引起了博斯的注意，以至于他的另一个受害人趁他不注意，挣脱他的魔爪，拼命跑开，那孩子很快就从街道的拐角处消失不见了。

这时博斯才发现自己的“猎物”已经逃走，他气得两眼冒火，咬牙切齿，好像有人偷走了自己最心爱的玩具一样。他气哼哼地对杜鲁吼了一声，满是恶意：“瞧你干的好事。”

看着对方朝自己逼近，杜鲁不由得往后退了一步，慌乱地解释起来：“哦，可能我来得不是时候，苏克总是对我说，千万不要打扰别人，尤其是他正在吃——”

“少废话，看我怎么收拾你。”他把自己的两个拳头砸得啪啪响，一副准备揍人的样子。

杜鲁讨厌打架，但也不喜欢临阵脱逃，因为那样的话，恶霸流氓们会觉得他是个胆小鬼。想到这里杜鲁暗暗决定，自己不能逃跑，还得想个法子，和他斗智斗勇，以智取胜。于是他平静地整理了一下自己的小西服，不慌不忙地说：“从你瞪我的眼神，我就知道你打算狠揍我一顿。但我来这儿是为了帮你洗清罪名，而不是搅和你的好事的。A. C.李先生经常对我们说，‘没有证据证明你是有罪的，那么你就是清白的。’”

博斯又向杜鲁逼近一步，杜鲁不由自主地后退，紧一紧手里的牵狗绳，想把女王推到自己前面，好吓吓博斯。但女王却胆怯地躲在他身后，一步都不敢向前，作为一只猎犬，它简直毫无攻击性。杜鲁见小狗帮不上忙，心里一阵心慌，但表面上却显得气定神闲，他掏掏自己的口袋，拿出几颗坚果来。“你想吃点儿山核桃吗？”他紧张得连大气都不敢出，从嗓子眼里挤出了这句话，活像老鼠在吱吱叫。

博斯一听这话，觉得莫名其妙，不由得愣住了。

“不喜欢山核桃吗？那蛇怎么样？你喜欢蛇吗？”

博斯这才回过神来，他瞪起两只小绿豆眼，好像两团绿色的火苗一样，粗壮的手指头直接戳到杜鲁的脸上，“你怎么知道蛇的？你知道多少？”他低声咆哮。

“我什么都不知道，瞎猜的。”杜鲁小心翼翼地回答，又使劲把女王往自己面前拉，但女王依然不肯合作，反而挣脱狗绳，惊惶地跑开了。

没了小狗壮胆，杜鲁只能步步后退，试图拉开自己与博斯的身体距离。嘴里还不停地问：“你妈喜欢珠宝吗？尤其是刻着蛇的珠宝首饰？”

“你的问题太多了。”博斯吼了一声，直接把杜鲁堵在墙角，杜鲁被逼得往身后的窝棚一靠，墙上松散的木板条纷纷掉落下来，差点绊了他一跤。

杜鲁努力控制自己惊恐的情绪，至少从表面看，他做得很成功。他极力挺直身体，虚张声势地说：“那好吧，你……你！你一定要打一架的话，我必须得警告你，”他边说边摆出一副拳击手的姿势来，挥挥自己的袖珍小拳头，“杰克·登普西……他亲自教过我打拳！”

见这话博斯听了毫无反应，他忙补充：“你不知道吧，他是世界拳击冠军。”

“当然知道，但他关我屁事。”博斯又吼了一声。

杜鲁见正面逃走没有可能，便朝侧面迈了一步，嘴里应了一声：“哦，是吗？”

见他有逃跑的举动，博斯咧开嘴巴，狰狞地一笑，同时举起拳头，开始准备揍人了。杜鲁见状顿时失去了刚才的勇气，开始怯生生地建议：“要不我们先别打，谈点儿别的好吗？”

“不好，矮子。”博斯咆哮着回答。

“呃……”杜鲁应了一声，慢慢地放下拳头，开始飞快地动脑筋想主意。博斯的那双贼溜溜的绿豆眼，让他想起了在轮船上曾经遭遇的一种爱吃鱼爱咬人的蛇：嗜鱼蛇。他知道对付这种人和对付蛇一样，如果不能想办法把他吓走，至少也得耍个花招，把他搞得头晕眼花，主动投降。

“看我的，给你露一手瞧瞧！”这句话突然冲口而出。杜鲁四下打量，看到前面路上有一块稍微干净点的地方，他清清嗓子，张开双臂，就像杂技团演员上场一样。尽管看上去弱不禁风，实际上他却长了一副杂技演员的好身板，两条腿又强壮又结实。

博斯冷冷地打量他，等着他逃走，再抓回来狠揍一顿。但杜鲁没有逃，反而真的表演起后滚翻来。他沿着马路一口气做了十个完美的后滚翻，离开博斯足足有一条街那么远，这下博斯真的抓不到他了。博斯没想到杜鲁虽然个子矮，但在以前的学校里，他却是最棒的体操运动员。

杜鲁四下打量，看到前面路上有一块稍微干净点的地方，他清清嗓子，张开双臂，就像杂技团演员上场一样。

逃离险境

杜鲁搓着手上的泥巴，惊奇地发现自己的白西服居然没沾上多少泥巴，还挺干净的。女王已经坐在路边等他了。

“就你这表现，哪儿像一只凶猛的猎狗呀。”他又好气又好笑地对它说。转头向博斯挥手告别，飞快地朝自己家的方向跑去，心里非常得意，终于成功逃脱啦。女王也一步不落地紧跟在他后面跑。

他不确定自己这趟冒险有没有达到目的，但他觉得博斯看起来不像是那种偷珠宝首饰的人。想到学校门口的碎玻璃，杜鲁可以肯定博斯从没来过自己的学校，要不然他早就知道有这么个混蛋了。他边跑边想，脑子里乱糟糟的，理不出头绪来。

很不幸，杜鲁选了一条回家的捷径。要走这条路就必须穿过一片荒地。经过那里时，他满脑子都在想刚才的事儿，根本没看到比利·尤金和他的狐朋狗友们正在那里踢足球，便和他们撞个正着。

周围也没有妮尔和大小子的身影。杜鲁立刻在脑子里打起了草稿，想着该怎么去训他俩，因为比起自己，他们的调查工作明显效率太低，自己很不满意。

一看到杜鲁穿着一身时髦的白西服冲他们跑过来，男孩子们立即停下来，球也不踢了，开始嘲笑起来。“看来这个娘娘腔的小家伙需要咱们帮忙，来给他洗个泥巴澡。”比利·尤金先开口了。

一看情形不对，女王又偷偷溜走了。

杜鲁举手向他们示意，表示有话要说。如果妮尔他们不能进行对这帮男孩子进行调查的话，他也可以自己来干。在水塘边游泳的时候，他都能把这群男孩子治得服服帖帖的，现在也不例外。

“嗨，你们好。我正在做一个调查……”

可这些家伙对杜鲁的调查丝毫不感兴趣。他们一拥而上，毫不客气地把他往泥巴地里摁。这时杜鲁突然想起他爸爸经常挂在嘴边的一句话：“刚出虎穴，又进狼窝。”他爸爸喜欢说这话，因为他老是给自己惹来一些莫名其妙的麻烦事儿——就像杜鲁现在面临的事情一样，很是尴尬。

被一群比自己高大很多的男孩子死死压着，个子矮小的杜鲁气都喘不过来。他试着反抗，想用脑袋去撞他们的肚子，就像公山羊打架一样，但无济于事。当他们抓着他的头，把他的脸直接往泥巴地里摁时，他做了最后的反抗，用尽全身力气大喊了一声："别惹我。虽然我个子矮得像手枪，可发起火来，和手枪一样威力大!"

刚说完这话，男孩子们突然松开他，全都逃开了。杜鲁从地上坐起来，简直不敢相信，威胁居然奏效了!

这时他突然感到一只巨大的手压在自己的脑袋上，一阵眩晕，不由得眯起眼睛抬头看，发现博斯的身影像座大山一样向他压来。"哦"，这是他被博斯暴打之前唯一发出的声音。

"喂，胆小鬼，还记得我吧?"博斯咆哮了一声。

杜鲁知道到这时候，最好的办法就是把自己缩成一个球，赖在地上装死。这样一来，眼前这个狗熊一样的大男孩说不定会没兴趣揍他，自己走开也不一定。

事实证明，这只是杜鲁的一厢情愿而已。他把自己缩成一个球，博斯就真的拿他当球踢，或者当橡胶轮胎踢，踢得他在泥巴地里滚来滚去，爬都爬不起来。为了减轻身体的剧痛，杜鲁尽量让自己去想一些美好的事情：有一年圣诞节，他还和爸爸妈妈在一起的时候，那时他爸妈还没有吵架。他记得那次吃了一只无比巨大的火鸡，收到了很多圣诞礼物。爸爸还在畅谈他的赚钱点子，说他的点子绝对会让他们挣大钱。

杜鲁的思绪开始四处飘扬，身体也变得渐渐麻木起来。这时从砰砰砰的踢打声中突然传来一个声音。“放开他！”有人在喊，那人还在使劲拽博斯，想把他从杜鲁身边拉开，“没听到我的话吗？住手！”

杜鲁擦了一把糊住双眼的泥巴，这才看清那人是妮尔。她正拽着博斯，因为个子相差太大，她的胳膊吊在他的脖子上，整个人挂在他身上，挥着拳头使劲砸他的脑袋，还用鞋跟拼命踢他的肚子。女王围着他们团团转，大声狂吠，表示支持。

博斯一下子把她从自己身上撸下来，就像掸去落在肩上的雪片一样轻松。她被掸飞出去，重重地砸在地上。但马上从地上一弹而起，拍拍身上的灰，开始准备打架。

博斯简直不敢相信自己的眼睛，“你居然是个女的。”他惊奇地喊。

“没错，但我不怕你，博斯·汉德森。我在学校里打赢过很多男孩子，我也能打过你。”说着，她往自己的手心里吐了口唾沫，摩拳擦掌，对着博斯准备开战。

女王也不失时机地咆哮起来。

杜鲁看到博斯好像笑了一下，“你够走运，我从不打女孩子。当然，那蠢蛋除外。”博斯毫不在意地边说边用手指了杜鲁一下，把杜鲁惊得浑身一哆嗦。

她正拽着博斯，因为个子相差太大，她的胳膊吊在他的脖子上，整个人挂在他身上，挥着拳头使劲砸他的脑袋，还用鞋跟拼命踢他的肚子。

这时走过来两个老姑娘，她俩要去市场买东西，路过这片荒地时正好看到了眼前的场景，不由得倒抽一口冷气，站着看起热闹来。

博斯挥挥双手，打算要走，他已经玩够了。“你俩合起手来都打不过我。”说着，他趾高气扬地转身离开，庞大的身躯重重地踩着脚下的泥巴地。女王想去追他，差点被他踢一脚。“你们两个再加上你们的笨狗，我用一只手都能收拾得了。”他丢下最后一句话，扬长而去。

“等着瞧，总有一天能收拾你！”妮尔冲着他远去的背影嚷了一声。嚷完后她感觉自己出了一口恶气，但马上发现那两个老姑娘还在盯着自己，嘴里还咕咕哝哝地唠叨些什么，好像在指责她太粗野，不够淑女。

老姑娘的话她装作没听见，一心一意地向杜鲁跑去。他还直挺挺地躺在泥巴地里，一动也不能动。妮尔跪在他身边，小心地扶他坐起来。

“你怎么这么久才来呀？”杜鲁呜咽着抱怨她。

女王一头扎进杜鲁的怀里，伸出舌头来舔他的手。“女王来找我，我就知道出事儿了，”妮尔边说边帮杜鲁擦眼泪，“看看你，一团糟，我就知道不能让你一个人去。”

杜鲁呆呆地瞪着自己珍爱的侦探帽，它被撕开了一个大口子。“我的帽子。”他叹了一口气。

“我们能补好它的，”她低声安慰他，“等着瞧吧，苏克能把破口子缝起来，让它和新帽子一样好看。可你得答应我，从现在起，我们必须得小组行动，不能单打独斗，行吗？”

杜鲁点头答应，女王也欢快地叫起来。“大小子哪儿去了？”他抽噎着问她。

“我们出门去找比利·尤金的时候刚好碰到珍妮。她说有个店员生病了，让大小子去店里帮忙。”

“总有一天，我们会成为真正的侦探。”杜鲁不哭了，但嘴里还在不停地咕哝。

“别傻了，杜鲁。侦探夏洛克破案时也遇到很多麻烦的，他和你唯一的不同就是他总是有华生陪在身边。”她想帮他擦干净脸上的红泥巴，但越擦越脏，脸上的泥巴东一块，西一块，沾得满脸都是。

这时她开始哈哈大笑起来。

“不许笑，这一点儿都不好玩。”杜鲁气恼地说。

既然怎么擦都擦不干净，她干脆用泥巴糊满他整张脸。“哇，你看上去太像印第安人了！”她大声惊叹。

一听这话，他的眼睛突然一亮，兴奋地问：“真的吗？像印第安人中的切罗基人还是苏人？”

她眯起眼睛，故作严肃地打量他：“像印第安人中最勇敢的战士萧尼人。”刚一说完她就觉得自己太聪明了，因为杜鲁马上开心起来，脸上也有了笑容。于是她伸手拉了杜鲁一把，帮他站起来。在妮尔的搀扶下，杜鲁一瘸一拐地走进高高的蒿草地。那天下午，他们在那片草地上玩牛仔和印第安人的游戏，由杜鲁来扮印第安人，妮尔扮牛仔，连小狗女王也加入这个好玩的游戏中。

现在，他们只想着要好好玩一把，破案的事情就先搁一边吧。

逃 学

第二天早上，杜鲁醒来后浑身酸疼，觉得自己很可怜，便告诉苏克今天不舒服，不能去上学了，不想去上学，也不想起床。他和小狗女王蜷缩在床上，一动也不想动。

老苏克对他可真好。给他端来一杯又一杯最合他口味的咖啡。虽然珍妮总为杜鲁喝咖啡的事骂她，说她："再这样惯着他喝咖啡，小心他永远长不高。"可只要杜鲁喜欢，苏克就会给他喝。

尽管苏克年纪大了，头发也变白了，可说话做事就像个孩子一样，她整天围着杜鲁转，认真听着杜鲁对她说的每一句话。这次他是怎么遇到博斯的，怎么想办法摆脱他的。和往常一样，他总是夸大事实，没讲真话。在他的故事里，他和博斯打了一架，小狗女王紧紧咬住坏小子博斯的腿，而他则用自己最拿手的柔道功夫，用一招铁头顶牛把大怪兽博斯撞倒在地，最后是他赢了。

“看你，又撒谎了，杜鲁！”苏克慈爱地嗔怪他。

“我发誓，没撒谎，对吧，女王？”女王汪汪叫着表示同意。

苏克还把早上大餐给他端到床上来，早上大餐这个叫法是杜鲁创造的，因为苏克和黑人女仆小个子准备的早餐非常丰盛，一天中任何时候吃都是美味的大餐。通常有火腿和鸡蛋、馅饼、排骨（如果家里生意不错的话）或者腌肉加豌豆、鲇鱼、松鼠肉（如果家里生意差的话），外加每天都有的玉米粉配肉汤、黄油豆角、甜玉米、甘蓝菜、果酱配饼干和水煮秋葵。杜鲁喜欢靠在床头，仰着脑袋，把菜叶夹起长长的一条，让它自己滑进喉咙里。

“现在让老苏克我看看能不能把你的帽子补好。可我还是不明白，为啥它有两片帽檐，而不是一片？”她拿着杜鲁的破帽子，走到门外，嘴里还在嘀咕着。

当杜鲁听到有人在敲窗户时，一下子开心起来。因为他知道肯定是妮尔来了。果然没错，妮尔站在窗外，正冲他挥着手里的书呢。这是另一本夏洛克·福尔摩斯的推理小说：《股票经纪人历险记》。

他支起身子，推开窗户，一阵凉爽的秋风扑面而来，他感到有点惊奇，天气居然凉得这么快。“哇，真凉快！你怎么也不去上学啦，我的小姐?”杜鲁嘴里这么问着，心里却很高兴，能见到自己的好朋友总是开心的。

妮尔夸张地咳嗽了几声，答道：“怎么啦，我就不能不去上学吗？我也病了，杜鲁，你看不出来我病了吗?”

她边说边顺着窗户爬进来。挤到杜鲁的床上，和他紧紧依偎在一起。他俩是绝配，因为两人都不太合群——他太娘娘腔，不适合和男孩子一起疯，而她是个假小子，也不适合和女孩子一起玩。他俩做伴，倒是正好。

一个上午他们赖在床上看书喝咖啡，顺便也讨论一下神秘案件的嫌疑犯，他们把嫌疑犯一个个列出来，又一个个排除掉。比如黑人约翰·怀特（他总是穿着出门的衣服睡觉，因为他有梦游症，晚上会出来到处走，做些连他自己都不记得的事。但他们觉得他是个大好人，绝不会偷东西）和送鸡蛋的埃德（尽管他一直给他们学校送鸡蛋，但约克校长从来没说过他一句好话。但为了偷这么点东西丢了送鸡蛋的工作可不值得，应该不是他干的）。甚至凯莉都被他俩列为嫌疑犯。因为杜鲁知道她有一个名单，所有让她讨厌的学生，她都把他们的名字写在上面。（当然，杜鲁的名字是少不了的）。有可能她想栽赃其中的一到两个学生，好让学校开除他们。但她要真敢有这么疯狂的想法，还去做了的话，珍妮肯定会把她锁到阁楼上去的，她不敢这么做。

他们把镇上的每一个人都讨论了一遍，又一个个排除掉了，还是找不到嫌疑犯。他俩犯了愁，不知道该怎么办才好，这时杜鲁灵光一闪，又有了主意。

“我知道怎么做了，咱们得去趟药店，和店主雅布罗先生谈谈。”

“你觉得他会知道什么吗？”妮尔问。

“人们总在他店里的冷饮柜旁边聊天。我敢打赌他一定知道些什么。说不定谁偷了他店里的东西他都知道呢！”

他们来不及等大小子从学校放学，便急急忙忙从家里出发了。凭经验，妮尔知道县里查孩子逃学的督学官一到中午就不上班了——过了中午，他们在外面随便走很安全，不会被抓住查问。他们决定去找雅布罗先生，打听一些案件的内情。他们打算去店里的饮料柜那边坐着聊天，顺便喝一杯冰镇卡托巴葡萄汁或樱桃冰沙。他们相信只要充分施展他俩的魅力和诡计，雅布罗先生肯定会向他们透露一些内部消息，这对破案会大有帮助。

计划没有变化快，他俩去那里扑了个空。原来雅布罗先生压根儿不在自己的店里。只有一个卖冷饮的伙计，红头发拉尔夫在里面。为了迎接万圣节，他正在柜台后面装饰店面呢。“小子们，你俩要喝啥？”他边问边冲妮尔挤眉弄眼，妮尔轻蔑地冲他哼了一声。

拉尔夫只不过是个伙计，人也不太聪明，所以没必要在他身上浪费太多时间。不过，跟他稍微聊会儿天还是值得的。“两杯樱桃可乐，不加冰。”杜鲁开始点饮料。

“雅布罗先生什么时候回来?”妮尔问伙计。

“哦，他礼拜二才能回来。莫比尔县有个药剂师大会，他开会去了。”拉尔夫边说边递上饮料。

这个下午很难打发时间，这些日子以来大多数下午都是这样漫长无聊，因为县里的很多人最近都失业了，没人来这里花钱，也没人来聊天，整个饮料柜台空荡荡的，他俩是唯一的顾客。

杜鲁东拉西扯，想套拉尔夫的话，“你们店里被偷了，这太糟糕了，最近小偷很猖狂。”杜鲁拨弄着柜台上纸做的南瓜灯，装作不经意地说了这一句。

“不是小偷干的。”拉尔夫马上回答，还警惕地瞥一眼空荡荡的药店。

杜鲁用吸管一口气吸掉半杯饮料，喝得自己只眨眼，一听这话，脑袋一震，一下子惊呆了：“不是小偷干的？难道是哪个可怜的穷人干的？苏克总是把家里的剩菜剩饭带到树林里去，因为那里住了很多可怜人，连饭都吃不上，只能抓些乌龟和松鼠来填饱肚子。真是太惨了，对吧?”

拉尔夫冲一个玻璃杯吐一口唾沫，再用唾沫把杯子上的一块污渍擦干净。他边干边说：“也可能是几个无法无天的坏小子干的。他们就想找些刺激，拿几块免费的糖果。”说着，他毫不客气地瞪了杜鲁一眼，因为杜鲁也假装羊角风发作来他这儿骗过糖果。

杜鲁不敢抬头看他，也不敢再开口打听，只好盯着拉尔夫手中的玻璃杯看。

“可是浮雕胸针不也被偷了吗？那东西可值钱呢。会不会是哪个穷人偷去卖钱来养活他们的孩子？”妮尔赶紧替杜鲁解围。

“那个老玩意儿？”拉尔夫嘲讽地说，“说不定只是舞台表演的道具，雅布罗先生看它漂亮就随手放在玻璃盒里了。我觉得它一分钱都不值，所以这事儿就是几个调皮小子干的，听我的准没错。”

妮尔点头表示同意，又追问了一句：“你这么有把握，看来你知道是谁干的了？”她极力装出一副天真可爱的样子，问了这个关键的问题。

拉尔夫把玻璃杯放回架子上，得意地回答：“这事儿是哪几个小子干的，我不清楚，但我至少知道其中的一个。”

杜鲁兴奋地转头对妮尔悄悄说：“听到没有，我以前猜得没错吧。嫌疑犯不止一个。”他转过身来，又开始盘问红头发拉尔夫：“哦，原来你知道啊，是谁呀？”他想极力保持冷静，可还是太激动了，连声音都变得又尖又细。

拉尔夫咧嘴一笑，煞有介事地说：“这可不能说，小子。要想知道，你得自己去问警长去。”

“问警长？这么说有人被抓了吗？”杜鲁顾不上装酷了，

马上兴奋地追问。

拉尔夫摇摇头：“我可没这么说。”他冷笑着加了一句：“我是说——谁干的大伙儿都知道，只不过不好说而已。”

“哦，真的吗？”妮尔有点失望，“这不是等于没说嘛。”

杜鲁仔细掂量他的话，很显然，他话里有话。“明白了……原来如此。谢谢你，拉尔夫。不打扰了。妮尔，咱们快走。”他一把抓起自己的外套，拉着妮尔急着想离开冷饮柜台。

“我还没喝完呢……”

可他拉得又快又急，她只能飞快地咽下最后一口，站起身来打算要走。他俩快走到门口了，杜鲁突然回过头来，用手指着拉尔夫，拉尔夫吓了一跳。杜鲁严厉地大声问他：“快说——关于那个臭名远扬的蛇帮和他们的窝点，你都知道些什么？”

拉尔夫眨眨眼睛，只瞪了杜鲁一眼，都懒得开口。过了好一会儿，红头发拉尔夫才摇摇头，神情平静地回答：“小子们，那种活动可不是你们小孩子能参加的。那窝点可不是你俩能去的地方。现在给我滚开，滚得越远越好。”

说着，他从柜台后面走出来，一把拎起杜鲁就往店门口提，想把他赶走。妮尔赶紧上来帮助他，把他从拉尔夫手里拽了回来。他俩跑出药店，逃到街上时，拉尔夫还在背后怒气冲冲地瞪着他们呢。好不容易跑过一个拐角，两人停下脚步，躲在角落里把气喘匀，妮尔还是有点不安，她被刚才发生的一幕吓坏了。杜鲁倒像什么都没发生过一样，还对自己刚才的表现非常满意。

“你看到了吧，我们让他吐出秘密了吧。”他扬扬得意地说。

“杜鲁，你不觉得整件事变得越来越奇怪了吗？我可不想再玩下去了，这个破案游戏不好玩，咱们换个别的吧。这次你来扮牛仔，我来扮——”

“怎么了？你胆小害怕了——”

还没等他说完，妮尔一把把他拎了起来，往他身后的墙上使劲一推，把他整个人牢牢地按在墙上。杜鲁被悬空吊着，压在墙上，脚指头都碰不到地面了。

“你这小矮子，居然敢喊我胆小鬼？”她怒气冲冲地瞪着他的脸，眼睛似乎能冒出火来。

杜鲁很会给自己找台阶下，他知道什么时候该服软，马上求她：“说真的，妮尔，我可从没这么想过。”

她看他脸色发白，被揪得喘不过气来，就放开了他，让他站到地上。

杜鲁大口大口地喘着气，好不容易平静下来，理理自己被她揪得一团糟的衣领，终于开口说话了：“只要你肯行动，总会有收获。你看到拉尔夫的眼神了没有？我在想他说的窝点是啥？难道是蛇窝？”

“别一个劲地蛇窝蛇窝了，我怕这个。”妮尔不耐烦地回答，“我以前在河里游泳的时候，被一条水蝮蛇咬过一口。”

“真的吗？”杜鲁惊奇地问，“听说这种蛇在水里游泳的时候是不会去咬人的。”

妮尔沉着脸说：“谁说不会咬人的，不信你去问我爸，那时他都把我送到了医院里，各种各样的治疗我都做过了。”

“好的好的，我信，我信还不行吗？不说蛇了。可还有一条线索等着我们去找呢。”

“什么线索？”她问。

“不是什么，而是谁，”杜鲁神秘地回答，“我发现嫌疑人了，就是警长的儿子埃利奥特。他就是拉尔夫提到的坏小子！我一直讨厌那家伙，连他的狗都讨厌。”

“等等，先别说，让我猜一下，杜鲁。埃利奥特就是个在后面追你，后来把你锁到冰库里的那家伙吗？那次你差点儿被冻僵了。你觉得东西是他偷的吗？怎么会想起他来了？”妮尔一脸疑惑。

听她提起那次可怕的经历，杜鲁赶紧摇摇头，想从不愉快的回忆中摆脱出来：“想到他还不容易吗？我亲爱的助手华生。”

妮尔实在猜不出来，只能举双手服输，她一点也不明白其中的关系，便求他解释：“你葫芦里到底卖的是什么药呀，杜鲁，快说吧！”

杜鲁微微一笑，胸有成竹地说：“你想呀，哪个嫌疑犯会让警长不好说，不查呢？只有他自己的儿子埃利奥特呗，他就是这次案件的嫌疑人。”

妮尔这才明白过来，慢慢点头表示同意：“你的意思我明白，就是埃利奥特干的，对吧？”

杜鲁突然焦躁起来，急匆匆地回答：“对，不过我们得赶紧去找警长谈谈。”

摊牌

警长法瑞士长得又粗又壮，个子很高，像个巨人一样。他脚上穿着巨大的皮靴，腰上围着沉重的黑皮带，上面还系着手枪皮套，里面装着一把左轮手枪，枪把手上还镶着珍珠。据说要是把他惹火的话，他就会毫不客气地冲你开枪。县里的每个人都怕见他，都像躲瘟疫一样躲着他。但杜鲁不躲，因为他知道大侦探夏洛克·福尔摩斯在破案时从来不躲，即使再危险，也会迎面而上。

警长看到他俩并没有好脸色，因为他们敲着巡逻警车的车玻璃，把他从美梦中叫醒。睡不成午觉，已经够让他窝火的了，杜鲁居然还暗示自己的儿子埃利奥特是盗窃案的嫌疑犯，这就让他更生气了。

他弯腰从狭小的警车里钻出来，巨大的身躯在他们面前伸展开，就像一棵参天橡树，或者一座巨塔，顶立在天地之间，看得他俩头晕目眩。只见“巨塔”弯下腰来，瞪着面前两个渺小的孩子，他俩居然还敢来质问他。警长的一只手搭在有珍珠把手的左轮手枪上，手枪套子正好对着杜鲁的眼睛。

“我不知道你们听说了什么，也不关心别人的闲话，但我得警告你们，不要和这件事儿搅在一起。”他暴躁地咕哝了一声，“要想让那些不干正事儿，整天东家长西家短的家伙们老实一点儿，就得把他们的嘴巴割下来，看他们还敢不敢耍嘴皮子，多管闲事。”这话听起来不像在开玩笑。

妮尔已经被他吓得够呛，偷偷地往后退，打算逃开，但杜鲁却站在那儿一动不动，居然还敢问他：“先生，您的意思是这件事不是真的？您儿子和案件无关，对吗？”他把整排下门牙都龇了出来，想让自己在“巨塔”面前显得稍微威风点。可他龇牙咧嘴的样子没有达到任何效果，反而看上去很滑稽，很可笑。

看见杜鲁这副模样，连警长都忍不住笑出了声：“别人说的闲话是真是假我不知道，但他们有句话看来是真的。你就像他们说的一样，确实像只斗牛犬，可惜和我养的斗牛犬太不一样了。”

“杜鲁，过来，咱们走吧，”妮尔急着想逃走，可杜鲁还是站着不动。

“不走，除非警长告诉我们事实真相。警长，作为媒体记者，我们有权利知道县里到底发生了什么，有没有人故意隐瞒案件事实。”话音刚落，杜鲁就觉得很不安，他不知道自己的激将法对这位专门维持治安的警长来说，是否有用。

“媒体记者?”“巨塔”哈哈大笑起来，笑得上气不接下气，“你给我听着，小矮子，你要是媒体记者，我就是咱们的总统胡佛先生啦。”

妮尔用力拽了一把杜鲁，想把他拉走，可他还是不肯走，直挺挺地杵在那里，嘴里嘀咕着：“警长，我要写报告，要把今天发生的事情全部写下来。”他的语气非常坚定。

警长噗的一声吐出一直在嚼的口香糖，一团脏兮兮的东西直接落在杜鲁的白皮鞋边上。“今天没有任何事情发生，没什么可写的，孩子。”说着，他又朝杜鲁弯下腰来，一脸狰狞地吓唬他，“那事儿可能是森林里的坏巫师干的。”

“也可能是蛇窝里的坏人干的。”杜鲁虽然害怕，可还是勇敢地回了一句。

警长弯下腰，眼睛直勾勾地瞪着杜鲁，杜鲁也毫不示弱，回瞪着他。“你和你妈小时候一模一样，都是惹事精。真是谁生的就像谁。”他嘟哝着转了个身，坐回警车里。车子的引擎立刻轰轰作响，临走前他瞥了杜鲁一眼，威胁他：“小子，你长得比女孩儿还漂亮，小心点，你可不想毁掉自己这张漂亮的小脸蛋，对吧?”

一听这话，杜鲁不由得倒抽了一口冷气。

“妮尔，替我向你父亲问好。你干的事儿可得一五一十向他汇报哦。”

他冲他俩会意地挤挤眼，发动引擎，警车箭一般地冲到马路上，在一团烟尘里很快就消失不见了。

游戏时间结束

杜鲁和妮尔又回到了妮尔爸爸A. C.的书房里。妮尔喜欢他的书房，因为里面摆满了各种各样的书——法律书籍、宗教读物、百科全书，以及每年的年历。A. C.也喜欢来这儿，尤其当他要思考问题的时候。现在杜鲁和妮尔正需要好好思考，杜鲁还在不停地琢磨警长的话。

“这只是个游戏，杜鲁，别瞎琢磨了。我们以前不也玩过海盗游戏，玩过士兵造反的游戏吗？咱们再换个游戏玩不就行啦？干吗非要玩这个破案游戏呢？”妮尔摆弄着她的烟斗，不解地说，“或者咱们再想个别的好玩的，想想万圣节我们该穿什么？上次我姐姐参加肥猪节，到现在还留着她那身猪蹄子装呢——”

杜鲁好像没听到一样，急急忙忙翻着自己的破案笔记，头也不抬地说：“有两个人都提到过巫师，你不觉得这很怪吗？”

妮尔不以为然地耸耸肩膀：“这有什么怪的，巫师就是个借口嘛。”

“有可能也是条破案线索哦。”杜鲁提醒她。

见他这么认真，妮尔只能认输，她叹了口气，答道：“可能他们想敷衍我们吧，杜鲁。”

“那蛇窝是怎么回事呢？”杜鲁还沉浸在自己的思绪中。

“你知道我讨厌蛇——”

“别这样，妮尔。你看到他们的反应了吧。作为福尔摩斯的助手，华生从来不放弃破案。既然这次你扮华生，你当然也不能放弃，哪怕被蛇咬过一次，你也得坚持破案。”

妮尔坐在她爸爸的书桌旁，摆弄着她爸爸的打字机，无奈地说：“杜鲁，你总是在编故事。而我只喜欢读故事，不喜欢编。”

杜鲁不知道该说什么好，只能低下头盯着自己的鞋子看，过了好一会儿才抬起头来，神情坚定地说：“妮尔，你也是编故事的能手，和我一模一样。”

妮尔看着他，可怜巴巴地说：“好吧，可我怎么觉得我只是你故事里的一个小人物呢？”

杜鲁急忙把她拉起来，让她转个身，面向前方，好像他俩正站在舞台上，眼前是无数隐形的观众。他让她面对“观众”，并对她说：“你不是小人物，妮尔·哈珀，你是我故事里的主角。你和我都是。我们——嗯，是与众不同的，对我来说，你是独一无二的。”

妮尔点点头，她也有同感。因为她和那些普通女孩儿不一样，她们都不愿意和她玩，只有杜鲁愿意陪她玩。没有妈妈在身边的滋味，也只有他能理解。杜鲁和别的男孩儿也不一样，虽然长得又矮又小，一副娘娘腔，但总能给她带来安全感。在内心深处，她很乐意参加他的冒险活动，哪怕这些冒险会给她带来很多麻烦。

只要有杜鲁在身边，她的生活永远不会乏味无聊。

想到这里，妮尔抓起一张空白纸，把它放到打字机里。她模仿华生的样子，嘴里叼着烟斗，十个手指放在打字机上摆好打字的架势，接着就开始敲打起键盘来。一阵“嗒嗒嗒，嗒嗒嗒”的声音过后，她已经敲出了一长行字。

杜鲁从她的背后瞥了一眼刚打出来的字：《夏洛克·福尔摩斯破案系列：红眼蛇帮最新神秘案件》作者：华生博士（妮尔）。

“题目取得很棒。”杜鲁夸她。

听到杜鲁的鼓励，妮尔干劲十足。她拿出破案笔记本，开始在打字机上敲出更多的字，把自己的想法慢慢变成了文字。杜鲁看她写得起劲，而且灵感不断，不由得称赞她：“我说得没错，妮尔，你就是一个大作家！”

她模仿华生的样子，嘴里叼着烟斗，十个手指放在打字机上摆好打字的架势，接着就开始敲打起键盘来。

“我才不要当作家呢，我要和我爸A. C.一样做律师。等我长大了我要上法学院，学法律。”她一边敲字一边嘟哝。

杜鲁咧嘴笑着说：“好吧，你想干啥就干啥。不过等我们长大了，我一定要找个真正的案件给咱俩去破，然后再把它一五一十地写下来。你等着瞧吧，我说到做到，侦探助手的位置，我只留给你，你永远是我的华生。”

一点小麻烦

门罗维尔县不是家家户户都能装得起电话的，杜鲁家和妮尔家倒都有电话。杜鲁懒得爬墙去找妮尔的时候，就会给她打电话。不过他很少用平时说话的声音和她通话，总是想方设法变个腔调捉弄她。要么就提高嗓门，用他那尖细奇怪的音调叽里呱啦地讲些耸人听闻的故事；要么就压低嗓门，装出低沉的声音来和她打招呼：“你好，我是莫里亚蒂教授！”等到妮尔莫名其妙地上了他的当，他才哈哈大笑起来，他总是这样和她开些无聊的玩笑。

这里的电话有个主机，通过分机接到各家各户。这意味着只要拿起电话，他们就可以听到附近所有人的通话。无聊的时候，杜鲁和妮尔便会拿着电话偷听别人的谈话，他俩马上就会知道最近什么谣言在县里传得最火。今天他俩又觉得无聊了，都闲着没事干，便各自在家里拿着话筒偷听。突然，分机接通了，电话那头传来的声音不是别人，正是那个卑鄙的小恶霸博斯·汉德森。他在哪儿接的电话，他们不清楚，只觉得这家伙一定就在他们附近。

和他通话的是个声音沙哑的男人。妮尔觉得肯定是博斯的爸爸，绰号叫鲇鱼·汉德森的家伙。他是个骨瘦如柴的走私犯，因为经常被警察抓，在监狱里待的时间比在外面还要长。

“下午到蛇窝来见我，”鲇鱼说，“印地安人乔搞了条蛇王，还有一条嗜鱼蛇。咱们挣的钱足够去买走私酒啦，顺便把我的斗篷也带来，小子，今晚要搞活动，还要放焰火。”

杜鲁和妮尔简直不敢相信自己的耳朵，他们居然如此走运，轻而易举地得到了破案线索。博斯和他爸刚挂完电话，两人就异口同声地对着话筒大声喊：“快到秘密总部来见我！”

妮尔跑出家门，急急忙忙往树屋上爬。她刚把脑袋探进树屋里，就发现杜鲁已经里面等她了，头上还戴着苏克补好的侦探帽。

“你看，我说什么来着，没错吧！”一见到妮尔他就嚷嚷起来，激动得连气都喘不过来了，“他们好像真有一个秘密蛇帮！写在黑板上的字和那个被偷的蛇形浮雕胸针可能是某种警告：警告大家，我们蛇帮来啦！”

妮尔沉思了一会儿，不同意他的说法：“他们有可能是邪教组织，抓蛇作为祭品，供奉给他们的神灵，然后博斯的爸爸就利用这些做祭品的蛇来浸泡走私的蛇酒。”

“酒是个好东西，我知道那个叫乔的印第安人会做威士忌酒，苏克为了做水果馅饼从他那里买过威士忌。”杜鲁摸着自己的下巴，边想边说，“好吧，不管你说的对不对，我们都得想个法子去一趟蛇窝，找找线索。你敢去吗?”

妮尔打心眼里不敢去，但又不想让杜鲁失望，便叹了口气，随口问：“可你知道蛇窝到底在哪儿吗?”

“不知道，”杜鲁还在琢磨这事儿，“也许我们可以跟着博斯去。”

“你还敢找他呀，上次他都把你像破轮胎一样踢了个够，你忘啦?”

“没忘，你说的没错。”一想到上次被博斯打得够呛，杜鲁害怕地点点头，他实在不敢去惹博斯，便又想了一会儿，突然兴奋地打了个响指，“我敢打赌，小家伙一定知道蛇窝在哪儿。”

“你家的帮佣吗？她为啥会知道?”妮尔不解地问。

他警惕地朝四周看看，压低声音悄悄说：“因为她会用蛇来搞巫术。”

妮尔不喜欢他这么神神秘秘，故弄玄虚。小家伙是帮苏克干活的厨娘，她长得可不小，是个大块头。她有一部分黑人血统、一部分法国人血统，还有一部分印第安人血统，“我身上每个人种的血统都有一小点儿。”她总是这么说自己，这也是他们叫她小家伙的原因，每种血统一小点儿。妮尔知道她过去过得很悲惨——她脸上有一道深深的伤疤，从耳朵一直划到下巴，没人知道这伤疤是怎么回事。

有一次，妮尔看到她把一些空瓶子挂在他们树屋的树枝上，就问她：“小家伙，你为什么要挂这些呢?”

听到她的问题，小家伙一脸焦虑，前后左右看了一圈，见周围没人，便悄悄地跟她说：“妮尔小姐，我看到很多鬼魂飘荡在空中，我在每个瓶子里都放了一种特殊的神药，它会立刻把周围的邪恶鬼魂吸进瓶子里，我再把瓶子塞好，扔到河里去!”

妮尔不愿意和小家伙那套神神鬼鬼的东西打交道，就让杜鲁一个人去找小家伙谈。

杜鲁装作漫不经心的样子踱进厨房，他看到小家伙正在厨房里煎鲇鱼。她面前是一个巨大的铜铁合铸的炉灶，她叫它老大锅。她正一边煎鱼一边哼歌，自得其乐呢。

“你想要什么，孩子？你没看见小家伙我正忙着吗？还有你这顶滑稽的帽子是怎么回事?”

他哼哼哈哈，半天才吐出一句来：“嗯，这个嘛，你，你是不是用蛇做过什么，小家伙？你知道蛇窝是怎么回事吗?”

一听这话，小家伙立刻停下手上翻鱼块的锅铲，转头瞪着他，严厉地说：“小子，你是不是偷拿了苏克小姐的药酒？你打听蛇窝干什么？你怎么能肯定我就会知道这些事儿呢?”

“因为苏克说你当过女巫师，或干过类似的事情。”

她吓得一把捂住他的嘴巴，不让他继续说下去：“小子，轻点儿。要是被珍妮小姐听到的话，那可就……”

“我绝不会告诉别人的，小家伙。我可以发誓，我就是好奇，想知道嘛。”

她警惕地瞥了周围一眼，旁边没有人在偷听，就悄悄地说：“没错，我是个巫师，我的师傅叫亚亚，他的巫术很有名，是蛇神丹巴拉派到人间的代表，丹巴拉专门保护无依无靠的人。小家伙我最能体会无依无靠是什么滋味儿了。”她边说边摸了摸自己脸上的伤疤，“好吧，你想知道什么，孩子?”

一听这话，杜鲁兴奋得连心跳都加快了，他赶紧深吸一口气：“我正在想办法侦查一个案件，”他低声说，“所以想了解一下蛇窝的情况。”

她不以为然地摇摇头：“看得出来，你也是个没人依靠的可怜娃。是为了要编你那些疯狂的小故事才问的吧？要知道蛇窝可不是孩子们该知道的事儿。”

听她这么一说，杜鲁有点害怕知道事情的真相。但强烈的好奇心使他不想放弃任何机会，他下定决心，一定要知道蛇窝到底是什么。他知道她有一个弱点，可以好好利用，便对她说：“求你了，告诉我好吗？如果你告诉我的话，下个礼拜我就带你去看电影。”

她犹豫了一会儿，终于答应了：“孩子，说实话，我不想告诉你。但我知道，如果不陪你去蛇窝的话，你肯定会自己偷偷溜过去。万一珍妮小姐发现我让你一个人去那鬼地方，肯定会赶我走，不让我在这儿干活的……好吧，我带你去。不过，我可不是心甘情愿的，是你硬缠着我，我没办法才带你去的。”

尽管小家伙不情愿地唠叨了半天，杜鲁还是达到了目的，她同意带他去蛇窝。

她让他吃完晚饭去药店等她，那时候她也收拾好厨房了。“不准和别人提起半个字，”她压低嗓门厉声说，“你总是给我惹麻烦。唉，要是我不那么喜欢看电影就好了，也就不会被你拖下水了。”

冒烟的（橡皮筋）弹弓

夕阳在法院后面渐渐西沉，给整个中心广场笼罩了一层不祥的阴影。广场上所有的店铺因为夜晚的到来都早早关门了。弗里普先生的杂货店和珍妮小姐的帽子店都黑漆漆的，没有一个人。人们大多已经回到家里，正坐在他们的门廊上看晚报，或盘算着搞万圣节聚会呢。大家都在家里享受夜晚时光，只有杜鲁例外。他已经告诉表哥表姐们他要到野外去捉萤火虫。

已经能明显感受到秋天的凉意了，今晚肯定会很凉快。杜鲁躲在药店对面的一棵老橡树后面，用夹克衫把自己裹得紧紧的，帽子压得低低的。妮尔来了，手里还拿着两个敞口玻璃罐，杜鲁不解地看着她，一脸疑惑。

“用来装抓来的萤火虫啊。”她理直气壮地解释。

“你难道不明白我们是有任务的吗?”

妮尔不耐烦地跺跺脚，没好气地说：“我可不会对我爸撒谎。他问我要去哪儿，我就按你教的告诉他了，‘我们要去捉萤火虫’。放心吧，我会陪你干你要干的事儿，不过你的事情完了之后，我们还是得去趟田里，抓点儿萤火虫回来，才好交差。”

“好吧，”杜鲁回答，“按你说的办，但我们得先找到蛇窝。”

这时妮尔瞥见红头发拉尔夫正从药店里溜达出来，吓得赶紧蹲下来，躲在树后。“小家伙到底什么时候到这儿来?”她问，“万一被拉尔夫看到，我们就完啦。”

“她会来的，我出来的时候她正在收拾厨房呢。”

“你俩为啥不一块儿来?”她又问。

杜鲁皱了皱眉，不屑地回答：“只要是个好侦探，都知道不能和自己的同伙混在一起，会被别人怀疑的。连这你都不知道，侦探小说白看了吗?”

“可我们现在不就是混在一起吗?”

“别问这么多愚蠢的问题了。”杜鲁一时答不上来，便没好气地让她住嘴。

妮尔又咕哝了几句，抬头盯着头顶的橡树看。过了一会儿，杜鲁看到拉尔夫又回到店里去了，松了一口气说：“太好了，他走开了。”

妮尔又盯着头顶的大树看了一会儿，接着瞥一眼对面的药店。过了一会儿，她又抬头看起树来。

“不要东张西望，妮尔，会被别人会看到的。”

“你不是经常说破案线索有时会得来毫不费工夫吗？”妮尔得意地问。

“对呀，那又怎么了？”

“你在学校和这儿的药店都捡到过石头，对吗？现在我终于明白这么小的石头为啥能打破这么大的玻璃窗了。”

说着，妮尔指指自己头顶上的树枝。

杜鲁也斜着眼往上瞄，看见一个小小的像树杈一样的木头，上面绑了一条橡皮筋，这才恍然大悟：“难道是用弹弓射的？”

她点点头，表示同意：“他们肯定是躲在树上用石头做子弹，拉弹弓把玻璃窗打碎的。”

五分钟后，妮尔还在爬树，她爬的树枝离杜鲁的头顶已经有三米多了。

“你很快就要爬到了。”杜鲁轻声鼓励她。

爬在这么高的树上，妮尔实在是害怕，听到杜鲁在下面轻飘飘地鼓励，不由得气不打一处来，恼火地说：“你自己怎么不上来？”

“你自己说你爬树比我强的呀？好了好了，就快到了，再爬几步就到了……”

她又奋力试了一次，还是不成功，因为她整个身体都趴在那根大树枝上，手很难使上劲。

“这儿有很多蚂蚁，我讨厌蚂蚁——哦，天哪，我总算看到了。”妮尔肚皮朝下，整个人趴在树枝上，终于看到弹弓了。它挂在一个小树杈上，就在她身体的右边。

杜鲁帮她望风，警惕周围有没有人注意到他俩。突然，他感到有个小东西砸了他的脑袋一下。“嗷！”他刚抬头想看，又被砸了一下，这下砸在额头上，“是啥玩意儿——”

“山核桃！有人在树上剥山核桃吃。这下找到答案了。从这儿瞄准的话，子弹正好能打在药店的玻璃窗上，难怪玻璃会碎呢。”

她拉直身体使劲伸手去够那个弹弓，可还是够不着，便叫了一声：“我够不着。”

“你再试试，要么摇树干要么晃树枝，想点儿办法嘛。”杜鲁轻声说。

她又奋力试了一次，还是不成功，因为她整个身体都趴在那根大树枝上，手很难使上劲。

“用点儿力呀。你不是一直夸自己是个大力士吗？关键时候你的力气哪儿去了？”

“说得容易，换你来试试？”妮尔两条腿跪在树枝上，慢慢把自己撑起来，同时身体努力保持平衡。

“小心。”杜鲁看得心惊胆战。

“没事儿。”她开始用解放出来的双手使劲上下晃动那根挂着弹弓的树枝，晃得越来越厉害，“瞧，弹弓在动呢。”

突然只听到“啪”的一声，妮尔待着的那根大树枝连根断了，她一下子从树上掉了下来，一起掉下来的还有这根大树枝和其他相连的小枝杈——全都砸在杜鲁的头上。

妮尔和杜鲁一起倒在泥巴地里，浑身压着一堆掉下来的枝条和树叶。

“找到啦！”妮尔欢快地喊了一声，她的拳头突然从树叶里伸出来，手一摊开，手里就是那把弹弓。

“哎哟，疼死我啦……”杜鲁疼得直哼哼。

妮尔从那堆树叶和杜鲁身边钻出来，因为一头摔倒在杜鲁和树叶上面，有了现成的垫子，她摔下来倒一点儿都没受伤。

她听到杜鲁在哎哟哎哟地喊疼，才发现他还躺在地上起不来，便低头看看他的脸，担心地问：“你没事儿吧？”

“没事儿才怪呢，我都快疼死了，下次我得小心点儿，千万不能在你下面站着。”他一边哼哼一边挣扎着站起来，妮尔扶了他一把。

好不容易等他站稳，妮尔就迫不及待地炫耀起她的战利品来：“瞧瞧，这是我拿到的！”

“让我看看，”他掸掸身上的泥巴，虽然疼，心里却乐开了花。

她把弹弓举得高高的，就着马路对面药店的微弱灯光，两人仔细查看起来：“天哪，看呀！这个弹弓把手上也刻着一条蛇！它的形状就像英文字母‘S’。”

“嗯……和上次黑板上的记号一模一样。不管这个弹弓是谁的，可以肯定它的主人一定很喜欢蛇。“杜鲁下结论。

“谁会喜欢蛇呢?”这时，耳边忽然传来一个阴森森的声音，问了他们这个问题。他俩被吓了一大跳，赶紧扑向对方，抱成一团，一动都不敢动。

深入蛇窝

小家伙见自己把他俩吓成这样，不由得哈哈大笑起来。“今晚你俩被我吓得够呛。”她大笑着说。

杜鲁为了显示自己的男子汉气概，没有被她吓着，便装出一副没事的样子，可小家伙一眼就看出来他已经被吓得浑身发抖了，就赶紧过来安慰他：“别怕，杜鲁。只要有我在，保你没事。”

“就是因为你，我们才出事的——”话一出口，杜鲁又觉得有点不好意思，赶紧改口，“我是说，我俩被你吓了一跳。”

小家伙瞥了一眼地上的断树枝，问他们：“你俩到底在这儿干啥了？我猜肯定不是什么好事，两个淘气鬼。”

“我们在破案呢。”妮尔不服气地回答，“看我找到了——”

她的话还没说完，也没来得及给她看手中的弹弓，杜鲁就跨上一步，挡在妮尔前面，转移了话题：“我们来这儿干什么呢，小家伙？这儿是县城里最热闹的地方，怎么会有蛇呀?”

“当然有，这里有好多蛇，只要你仔细找的话。”小家伙边说边伸手到自己的包里掏出一把药草来，并把它们塞到杜鲁的衣服口袋里。

“你干什么呀?”他不解地问，还想从她身边躲开。

“红根草和薄荷，随身带着可以辟邪。我有种预感今晚你可能会用得上。”

一听这话，妮尔又害怕又着急，赶紧问她：“能给我一点儿吗?”

“当然可以。来吧，我给你装好。”

她把他俩的口袋都塞得满满的，然后大声宣布：“好了，这下我们可以出发了。跟我来，按我说的做。”

他们大步向前走，路过药店，红头发拉尔夫正在里面擦玻璃窗，一看到他们走过来，就停下手里的活，好奇地盯着他们。小家伙压根儿没搭理他，忙着吆喝孩子们加快脚步，走到药店后面的小路上去。

转过一个街角，他们来到一片围着篱笆的地方，这里从前是马厩。篱笆围得很密，他们只能透过篱笆上的小孔朝里面偷看，他们看见里面有一大群男人，看起来就像刚从监狱里逃出来的犯人一样，偶尔在马路上也能看到这群人，他们总是身上戴着镣铐，一群群被押往蒙哥马利监狱。现在他们身上没有镣铐，但一个个都面无表情，贼眉鼠目，围着一个巨大的衣料柜子站着，都在抽烟。

“靠近点儿，别走开。”小家伙护着他们绕了一圈，走到马厩门口。杜鲁一看到守门的顿时脸都吓白了：是恶霸博斯·汉德森和他臭名远扬的老爹，外号叫鲇鱼的家伙。

杜鲁赶紧把帽子往下拉拉，希望他们三个没被发现，但显然不太可能。因为这里只有他和妮尔是孩子，而小家伙则是这里唯一的黑人。

博斯一眼就看到杜鲁了，冲他咧开大嘴一笑。杜鲁不知道是笑他胆子大敢来这儿呢，还是笑他被自己狠狠地打过一顿呢。不管怎么说，博斯的满脸横笑并没有让他们觉得在这儿很舒服，受到了欢迎。

“帽子不错，小矮子。”博斯冲他打招呼，同时故意把手关节掰得咔咔响，好像在做准备，随时要举手打他。

“我们来这儿是看斗蛇的。”小家伙对他说。一听这话，杜鲁和妮尔相互交换了一下眼神：“斗蛇？”

他们正准备进去，鲇鱼走过来，拦在他们面前，对小家伙说：“你不能进去，黑人不让进，你知道这规矩。”

“可印地安人乔怎么能进呢？他和我一样黑，你还不是照样让他进去了。”

“他手里有蛇，你有吗?”鲇鱼不屑地回答。杜鲁看着他一翘一翘的八字胡和圆溜溜的小眼珠，浑身上下被太阳晒得黑乎乎的，简直就是一条大鲇鱼。“快滚开，我可不想和黑人嬉皮笑脸，被别人看到的话，他们会乱说的!”他大声呵斥他们。

小家伙皱着眉，狠狠地瞪了他一眼，回头问孩子们：“你们还要进去吗？想进的话只能你们自己进，我进不去。”

杜鲁点点头，走上前去，刚挤到门边，就被博斯一把揪住。他的一只巨手揪着衣领，把杜鲁整个拎了起来，像拎只小鸡一样：“小矮子，你该回去睡觉了，再不睡就晚了。”

杜鲁被拎得喘不过气来，从嗓子眼里挤出一句又尖又细的话：“我想睡觉的时候才会去睡。我们是花钱来看斗蛇的，多少钱?”他伸手到口袋里，掏出一枚两毛五的硬币。一看到钱，博斯马上把杜鲁放下来，还从他手里一把抓走了硬币。

“就这么多，一人两毛五。”

杜鲁又掏了掏口袋，摸出了另一枚硬币，也是两毛五。这回鲇鱼伸手夺了过去：“进去吧，小子。听好了，别靠蛇太近，别怪我没提醒你们!”

小家伙皱着眉头，担心地看着孩子们。“去吧，孩子们，”她说，“我会一直等在这儿的。看完就赶紧回来。”

就在这时，里面的人群一阵骚动。“印地安人乔来啦。”有人在嚷。鲇鱼、博斯和几个跟着他们混的男孩子把妮尔和杜鲁推到一边，赶紧迎出去。

印地安人乔骑着一匹品种高贵、很值钱的黑马，这种黑马以前大家日子比较好的时候还常见，现在已经很少见了。乔又高又黑，皮肤晒得像发亮的黑皮革，好像常年都在太阳底下待着，一天都没在屋里待过一样。杜鲁以前从没见过活生生的印地安人，看到乔，他大开眼界。乔的马上还捆着两个大布口袋，两个袋子里都装着东西，还在蠕动。

乔先没有吭声，警惕地看了四周一圈，见没有可疑的人，就举起手来打招呼：“大伙儿好啊。”他大笑着问候所有人，“你们过得好吗？赌鬼们！”

看见印地安人乔抓着大口袋跃下马来，人们一阵欢呼。鲇鱼上前拍拍乔的后背，讨好地说：“乔，你早就该来了。大伙儿都等得急死了。”

看见人群中站着妮尔和杜鲁两个孩子，乔不由得一愣，停下脚步，把口袋举到妮尔面前，笑嘻嘻地问：“你们这两个娃娃也喜欢看斗蛇？”妮尔吓得赶紧捂住自己的眼睛。见她吓成这样，乔和鲇鱼便又嘎嘎大笑起来。

大伙儿簇拥着乔和鲇鱼走到大箱子前。“快睁开眼睛看看，”杜鲁凑在妮尔的耳朵边悄悄说，“这可是真的秘密蛇帮哦。”

乔先把一个口袋递给鲇鱼，高高地举起另一个口袋给所有人看，接着便迅速夸张地把口袋里的东西一下子倒进大箱子里。杜鲁和妮尔在人群中钻来钻去，使劲挤到前面，好看得更清楚些。

“哇，是条水蝮蛇。”妮尔咕哝了一声，这条水蝮蛇在箱子的一角盘成一团。是条大蛇，可能有一米五长，和小时候咬过她的蛇差不多大。

“各位请看这一条——”鲇鱼大声喊着，举起了另一个口袋，袋子里的东西正在使劲挣扎，力气大得连他都抓不牢，整个袋子都差点儿从他手里滑出去了，“全世界最邪恶的王蛇从地底下爬出来啦。现在你们谁要下注啊?”

所有的手马上都齐刷刷举起来，硬币和纸币在空中被递来递去，一些人嚷嚷着王蛇会赢，还有一些喊着水蝮蛇会取胜。鲇鱼的口袋很快就被下注的钱塞得满满的，他把袋子一把倒进箱子里，赶紧退后一步。在场的每个人都倒吸一口冷气，又忍不住弯腰去看。

两条蛇各自盘在箱子的一角，盯着对方足足看了五分钟。水蝮蛇终于忍不住，动了一下，王蛇马上立起身体，并前后快速摆动，像被激怒的猫摇动着尾巴一样。它俩又一动不动地瞪着对方看了好久，抽动的蛇芯还在发出嗞嗞的响声。

这时印地安人乔忍不住了，他冲着两条蛇大喊一声：

“呜咿！”在场的每个人都被这突如其来的喊声吓了一大跳，杜鲁也不例外，他吓得腿一软，差点儿跌到箱子里去。两条蛇好像接到了命令一样，迅速地朝对方直扑过去，马上扭打成紧紧的一团，这个由两条蛇盘成的蛇球还在不断蠕动，它俩如此紧密地纠缠在一起，杜鲁都分不清哪条是水蝮蛇，哪条是王蛇了。

激烈的打斗足足持续了一分钟，只听到啪嗒一声。妮尔吓得直喘气。只见水蝮蛇猛地抽动一下，又前后左右笨拙地摆动了几秒钟，终于直挺挺地趴在那里一动不动了。接着，王蛇就慢慢地从对方身体里抽出来，人群中有一半人兴高采烈地吼起来，他们赌赢了。很显然，王蛇已经把水蝮蛇的脊椎骨给绞断了。

看着鲇鱼把钱给那些赌赢的人，杜鲁感到胃里一阵恶心。“咱们出去吧。”他对妮尔说。妮尔看见鲇鱼把一捆钱递给印地安人乔，还对他说：“今晚咱们还在学校后面的田里见。我们在那里有个聚会，我先去放一阵子焰火，然后就和你去好好喝上一杯。”

看着孩子们从里面出来，小家伙无奈地摇了摇头。只见妮尔吓得脸色惨白，活像见了鬼一样：“玩得开心吗？孩子们。找到你们要找的东西了吗？”

“刚才可怕极了，小家伙。你干吗让我们看这么可怕的东西？”妮尔心有余悸地问。

两条蛇各自盘在箱子的一角，盯着对方足足看了五分钟。水蝮蛇终于忍不住，动了一下，王蛇马上立起身体，并前后快速摆动，像被激怒的猫摇动着尾巴一样。

“有时候，心病还得心药医。”小家伙平静地回答。

“你这话什么意思？”杜鲁也听不懂了。

“我的意思是，你们本来过得好好的，就不要再没事找事，到处惹麻烦。好了，现在可以跟我回家了。”

杜鲁点点头，乖乖地让小家伙牵着他的手，准备往回走。但妮尔却站在原地，一动不动，还天真地问他们：“不去捉萤火虫了吗？”

杜鲁叹了口气。“捉不捉都没关系的，”他劝她，“再说现在外面太冷了，你不觉得吗？”

妮尔双手抱在胸前，毫不在意地说：“一点儿都不冷。我们必须得去田里捉，杜鲁。”她语气坚决，听得出来话里有话。

“走吧，孩子们，别傻站着了。”小家伙又开始催了。

妮尔一把抓住杜鲁的手，把他往边上一拽，悄悄说：“你没听见那家伙说今晚学校后面的田里会有个聚会吗？我猜肯定是他们的秘密活动之一。”

杜鲁点点头，表示同意。一听到聚会，他就知道又有破案线索了。但这个时间去田里，得有一个好借口。对杜鲁这样的孩子来说，找点借口，撒个谎，简直是太容易了。

他马上转头对小家伙说：“我向妮尔保证过要陪她去田里捉萤火虫的，如果你想回家就先回去吧，我们一会儿就回来。”

小家伙眯起眼睛，狐疑地打量着他俩，然后坚决地说：“好事不出门，坏事传千里。我有种感觉，你俩肯定有什么瞒着我。不行，珍妮小姐知道你俩是跟着我出来的，要回去就得一块儿回去，如果你们非要去捉萤火虫的话，我也得跟着去。”

萤火虫和尖帽子

他们在学校后面的田里慢慢走着。周围漆黑一片，空无一人。突然吹来一阵大风，从附近的树林顶部呼啸而过，把他们身边的高大松树吹得嘎吱作响。小家伙惊恐地后退了一步，她担心有鬼魂在附近游荡。

“你们听到什么了吗?”杜鲁问。

“什么? 我什么都没听到呀。”妮尔回答。

“没错，”他低声说，“什么都没有，你说的秘密聚会呢?”

他们三个站在田地的边上，努力让眼睛适应眼前的黑暗。“你肯定有这事儿吗?”杜鲁又追问妮尔，“他们说过是在这里聚会吗?”

她支支吾吾地回答：“嗯……可能吧。他们可能回家做准备去了。我是说，我听着好像是有这么回事，但也可能……我猜我可能听错了。”

风刮得越来越猛烈，在又长又密的蒿草丛中呼呼作响，发出阵阵的呼啸声，苏克对这种风声有浪漫的叫法，叫它草竖琴，好像蒿草在演奏竖琴一样。但现在这风声在杜鲁听来，可没有任何浪漫的感觉，反而令人恐怖不安。

“今晚鬼魂肯定在这儿附近游荡，”小家伙气喘吁吁地追上他们，严肃地说，“可我不能确定他们是恶鬼还是善鬼。”

“看哪！”妮尔兴奋地喊，“萤火虫！他们一定是善鬼变的，小家伙。”

刚开始只有一点微光闪动，紧接着第二点、第三点亮光纷纷闪动起来，它们一亮一灭，非常好看。

“既然来都来了，还不如抓点儿回去呢，”妮尔说，“这样我们也就不算白来了。”

妮尔递给杜鲁一只玻璃罐，然后就朝着齐腰深的草丛慢慢走进去。她越往里走，身边草丛里的亮光就越多。很快，她的身边就聚起一团团闪闪发亮的萤火虫，它们在她的头顶上盘旋着，在她的身边飞舞着，犹如银河系里的星星一样，美极了！

“快过来，杜鲁！”她兴奋地喊，“你先别想破案的事儿，过来咱们好好玩玩。”

她说得没错。杜鲁对案件的进展没有头绪，也不知道该如何破案。也许跟着萤火虫跑一跑，捉上几只能让他头脑清醒点儿，找出一点线索，连神探夏洛克有时候还得拉一拉小提琴来缓解自己紧绷的神经呢。想到这里，杜鲁也开心雀跃起来，他问小家伙："你也来吗?"

"我就算了，你俩去吧。我在这棵树下坐一会儿。"小家伙摸黑朝着一棵大树走去，靠着树干一屁股坐下来。她好久都没走这么远的路，已经累得走不动了。

"那好吧，小家伙。你可以帮我们数数，"杜鲁说，"看我俩谁抓得多，谁就算赢。"

接下来的十五分钟里，他俩在田野里跟着萤火虫跑来跑去，拼命想抓住一只。他们感觉自己像在抓天上的云一样——你一走进它们中间，它们马上就消失在黑暗中。但他俩还是设法抓住了一只，并把它塞到罐子里，这一刻，简直像打了胜仗一样令人兴奋。几次成功捕捉后，杜鲁已经把破案的事情抛到脑后了，只顾着跑来跑去，尽情地玩乐。

直到小家伙大声喊他们："时间到啦!"他们才发现自己手里的玻璃罐已经闪闪发光，像点亮的灯笼一样。

"看来我俩成了平局，谁都没赢。"杜鲁说。

"才不是呢。我至少比你多捉两只!"妮尔反驳他。

"你说了不算，让小家伙来评比一下，到底谁抓得多。"他俩争先恐后地朝小家伙休息的地方跑去。

"小家伙，告诉这矮子到底谁赢了!"妮尔大声嚷嚷。他俩争着把玻璃罐同时举到她面前，她仔细地挨个查看。

“别一个一个数，大致猜一下就行啦，”杜鲁等不及了，“我的罐子更亮。”

“胡说，我的才——”

“别吵，孩子们。小家伙我可不是靠猜的，是靠心里数的，我知道谁的多。”

他们静静地站在那儿看着小家伙在数萤火虫。罐子里的亮光照在她身后的树干上，使它看上去有点儿古怪。不知道什么原因，树干上的树皮居然被扒掉了。

杜鲁随意往上瞄了一眼，注意到这棵树上所有的枝条都被砍掉了，只剩下两根大枝杈，就像两只胳膊一样直挺挺地伸进黑漆漆的夜里。在杜鲁看来，整棵树活像一个十字架，直挺挺地矗立在那里。但这还不是最怪的。他瞥了一眼阴森黑暗的夜晚，他的眼睛适应了夜色，马上就发现这棵大树唯一的两根枝杈都被白色布条紧紧地裹住了。

他把玻璃罐举得高高的，好看得更清楚些，同时问小家伙：“小家伙，为什么这棵树要被布条裹起来呀？我闻到一股汽油味儿，你们有没有闻到呀？”

小家伙扫了一眼身后的大树，目光就呆住不动了，她深深凝视着眼前的黑暗，脸上渐渐浮现出一种奇怪的表情。突然，她惊恐地瞪大双眼，冲着孩子们喊了一声：

“孩子们，赶紧回家。”她慌忙把玻璃罐往草丛里一扔。

他们感觉自己像在抓天上的云一样——你一走进它们中间，它们马上就消失在黑暗中。但他俩还是设法抓住了一只，并把它塞到罐子里，这一刻，简直像打了胜仗一样令人兴奋。

“你干什么呀！”杜鲁不满地抗议。

“可我俩到底谁赢了？”妮尔还在关心比赛结果。

“别去想谁赢谁输了。现在已经太晚了，没时间玩这种幼稚的游戏。”她毫不犹豫地拉起他俩的手，拽着他们飞快地朝县城里有光亮的地方大步走去。

燃烧的荣誉

杜鲁听见他们自己急匆匆的脚步踩着野草咔嚓作响。他知道这会儿不该问小家伙问题。如果她说快走，跟着快走就行了。

走着走着，小家伙突然一下子停住脚步，但草丛中的脚步声依然咔嚓作响。

接着就听到有人在说话。

“怎么啦?”妮尔压低声音，轻轻地问。

小家伙把脸凑到他俩面前，低声嘱咐：“别出声，孩子们。跟我来。”在一片黑暗中，妮尔看不清她的脸，但可以明显感觉到小家伙十分害怕。但她到底在怕什么呢？妮尔不由得琢磨起来。

小家伙带着他们朝附近黑漆漆的树林里走去。以前他们放学后经常在这片树林里玩，可现在这里一片黑暗，看上去阴森恐怖，到处都是高高的大树，仿佛一具具幽灵，直压着他们的头顶。

还没等他们走到树林里，周围就传来了一个声音：“好像就在这儿附近。”是个男人在上气不接下气地说话。

小家伙赶紧拉着孩子们蹲下来，躲在高高的蒿草丛里，还用自己的双手紧紧捂住他俩的嘴巴，怕他俩叫出声来。

“找到了，”另一个男人说，“谁来给我递个火把。”

他们的耳旁很快就响起了很多个男人的声音。这些男人正从他们藏身的草丛边踩着蒿草走了过去。他们只能尽量低头往草丛里藏，连大气都不敢出。一个男人紧挨着他们走过去，一只脚直接踩到杜鲁的手上。杜鲁拼命忍住大声尖叫的冲动，实在是太疼了。

有人划亮了一根火柴，接着点燃一个类似火把的东西：“小心点儿，不要把整片田都烧了，弗兰克。只要把这两根树枝点着，再给我们这儿来点亮光就行了。这样其他人就可以找到我们。”

杜鲁的视线被小家伙挡住了，但他还是可以看见火光中映出很多顶尖帽子的轮廓。他搞不清楚这些头戴尖帽子的男人是什么人。有人把火把举得高高的，他看见火苗正舔着布条的底部，而这些布条都裹在那两根大树枝上。火苗很快蹿上布条，变成熊熊大火。接着，整棵大树都燃烧起来。

现在大树已经不是一棵树的形状了，而是一个燃烧的十字架。紧挨着大树的那群男人没戴尖帽子，可他们每人身上都罩着一件白袍，头上戴着头巾，头巾把他们整个脑袋都裹在里面，只在露出眼睛的地方挖了两个洞，好让他们看清东西。

原来他们是三K党（美国南部的白人秘密组织，利用暴力反对社会变革和黑人的平等权利)。

妮尔对三K党知道得很少，只知道她爸爸A. C.一点儿都不喜欢他们。他说过三K党就是“一个瞎子领着一群瞎子在走路”。她曾经看到过一次三K党游行，因为有一户黑人想搬到县里来住，还没等他们住进来，三K党成员就在夜里穿上白袍，放了一把大火，把他们的房子烧得精光。没人敢阻止这些人的暴行。

因为火光的照射，这片田地变得越来越亮。妮尔和杜鲁可以看清周围的一切。大约有三十来个男人，所有的人都身穿白袍——只有一个人例外：他穿着一件闪闪发光的绿袍，戴着绿色的头巾。

“他就是“巨龙”，他们的领袖。”小家伙轻轻地喃喃自语，她的双眼因为惧怕而瞪得奇大。

杜鲁盯着这个为首的男人，直到他掀起头巾，一口吐出嘴巴里嚼着的东西，就在那短短的一瞬间，他看清楚了这人是谁——他是鲇鱼·汉德森。

“博斯的爸爸。”杜鲁不由得惊叫一声，刚叫完他就意识到自己犯错了，赶紧瞥一眼妮尔，尽管她躲在草丛里，但周围太亮了，自己一眼就可以看见她，这就意味着三K党也有可能看见他们了。

小家伙慢慢站起身来，好像已经被熊熊燃烧的火光催眠了一样，不知道自己这样做有多危险。“小家伙，快蹲下来，他们会看见你的！”杜鲁低声提醒她。但她一动不动，好像没听见一样。

杜鲁急得使劲拉她的袖子，想把她拽下来，妮尔也来帮忙，并求她：“求你了，小家伙，快蹲下来——”

“看那是什么——”一个男人的声音响起来。妮尔抬头朝前面看了一眼，看见一个男人的轮廓，他戴着头巾，举着手枪对着小家伙，正打算扣下扳机，朝她开枪。

“快逃，不然你就没命啦！”杜鲁急得大喊起来。

小家伙这才回过神来，马上意识到自己面临的危险。她一把拽起孩子们，拉着他们的胳膊，拼命地向前跑。平常，她一举一动都慢吞吞，但此时此刻，她却跑得飞快，那群男人的声音和脚步声紧紧跟着他们，就在他们身后，此刻哪怕前面拦着一条河，她都能带着他俩飞奔而过。

跑着跑着，小家伙回头瞥了一眼，有亮光在田里上下浮动，那是男人们拿在手里的火把，而不是机关枪。现在杜鲁可以看见前面楼房的灯光了。他想只要跑进城里，他们就安全了。

可他们却差点儿撞在一片铁丝网上，前面的空地被铁丝网拦着，一下子堵住了他们的路。幸亏妮尔反应快，及时拉了杜鲁一把，否则他就直冲着铁丝网撞过去了。

他们伸长脖子往后看，发现只有一个男人跟着他们跑过来。一片黑暗中，他也跑得踉踉跄跄，他周围的地又干又硬，已经蹿出一大片火苗了。

“快点儿，孩子们，我们得赶紧离开这里！”小家伙一把抓起妮尔，把她扔到铁丝网后面，好像她是离群的小鸡，被赶回鸡窝一样，“现在轮到你了，杜鲁！”

风呼呼地吹着，越来越大，田里的火苗也转眼间变成了熊熊大火直朝他们扑来。“不行，你穿着蓬蓬裙，行动不方便，”杜鲁说，“我把铁丝网抬起来，你先爬过去，我再钻过来。”

“快点，杜鲁！”妮尔在铁丝网后面焦急地喊。

杜鲁用脚使劲踩着地上的铁丝，同时用手猛拉上头的铁丝，就像拳击手进场要拉起绕着拳击台的绳索一样，铁丝网很快就给他搞出一个洞来。“来，小家伙，快点！”小家伙看看迅速包围过来的大火，也不敢犹豫，一把拉起自己拖到地上的蓬蓬裙，在妮尔的帮助下拼命爬过来，刚一过来，两人就累得压成一团，瘫倒在地上。

此时杜鲁可以感受到背后火苗强烈的热度，那个跟着他们的男人已经被整个烧着了，正在拼命扑火自救呢。杜鲁竭

小家伙这才回过神来，马上意识到自己面临的危险。她一把拽起孩子们，拉着他们的胳膊，拼命地向前跑。

尽全力，以最快的速度去钻铁丝网的洞口，边钻边冲着妮尔喊：“快跑!”

妮尔一把拉起瘫倒在地上的小家伙，拼命往前冲。杜鲁在还在钻铁丝网，可一根铁丝正好缠在他的衣服上，怎么拉都拉不开。

“我被困住了！救我!”此时熊熊的火苗已经向他逼来，他可以看到烟尘和发亮的灰烬在身边飞舞，再不快逃的话就会被烤熟的。

突然，小家伙从天而降，站在他身边，抓着他的裤子使劲往下拽，但铁丝还是牢牢地钩着他。“快把裤子脱掉!”她大喊道。

“但这条裤子很好看，我很喜欢。”他为难地说。

“好看有什么用，很快要被烧掉了，快脱!”

杜鲁已经能听到背后的火苗在噼噼啪啪地燃烧，他吓得使劲一蹬腿，整条裤子被蹬下来，他哧溜一下钻过了洞口！这下彻底获救，他，妮尔和小家伙就像赛马被放进了赛道一样跑得飞快，很快就把熊熊大火抛在身后了。

终于跑到学校门口，杜鲁回头看了一眼，没人跟着他们了，看来那群男人都在忙着灭火呢。

他们跑得上气不接下气，靠着路边的一间小窝棚，瘫倒在地上。过了整整一分钟，杜鲁的气才喘顺。

“你觉得他们……看到……我们……是谁了吗?”他断断

续续地问。

妮尔觉得好玩，哈哈大笑起来。

“有什么……好玩的，妮尔？我有可能……被烧死在那儿呢！”杜鲁不满地说，他依然喘不过气来。

“你该好好看看你自己的脸！白得吓人，和他们穿的白袍一样！”

“是吗……看来我也得提醒你一下，刚才是谁像个小姑娘一样大声尖叫的……”

“我本来就是个小姑娘，你这傻瓜。大声尖叫的人是你——”

“我的帽子！”杜鲁突然喊了一声。他摸摸自己的脑袋，上面空空的，又回头看看田里，沮丧地说：“肯定是我们在跑的时候掉在路上了，我们得回去找回来！”

“你们两个，现在给我安静点儿！”小家伙没好气地从他们的口袋里掏出红根草和薄荷，一把扔得远远的，“一点儿都不灵验，我肯定用错了配方。现在咱们得赶紧回家，不要告诉任何人今天晚上发生的事，明白了吗？”

杜鲁舍不得他的侦探帽，还想抗议一下：“可是，小家伙——”

她听都懒得听，拎起他的耳朵就把他往家的方向拉。一路上就叨叨着一句话：“我的主啊，保佑我千万别再听这孩子的话了。我太老了，经不起这样的折腾！”

预兆和破案

那天晚上，杜鲁兴奋得睡不着觉。他也不让苏克睡，不停地跟她讲自己今天晚上的历险记。故事变得越来越夸张，最后变成了一部英雄史诗，杜鲁在自己编造的史诗里变成了英雄，先是勇敢地和一大群蛇搏斗，接着战胜了一大帮三K党人。不管故事有多么离奇，苏克总是愉快地听着，不时地表扬他。当然，妮尔和小家伙面临危险的时候，也都是他出手相救的。但有一个细节他无法跟苏克解释清楚，自己为什么没有穿着长裤回家。

最后他终于睡着了，但噩梦不断，一直在床上翻来覆去，直到有人把他摇醒。

这时他正穿着睡衣，站在后院里。

“小家伙，你又梦游了。你要去哪儿?”问这话的是他爸爸阿库勒斯。

“爸爸？”足足过了一分钟他才意识到自己没有躺在床上，“我在哪儿？”

“你在外面，儿子。你好像打定主意要去什么地方，那地方和什么橡皮弹弓有关。”

“你怎么会在这儿的，爸爸？”

阿库勒斯笑着回答：“当然是回来看我的宝贝儿子呀。我又想出了一个好点子，这回肯定能让我们发大财。我刚买了一艘游轮，和我们以前干活的那艘一模一样。不过我的游轮可不是一般的轮船，而是水上大剧院。我们会请大腕明星来表演，比如那个什么吹号的阿姆斯特朗。当然啦，你也可以上台表演，跟着他的音乐跳踢踏舞。我们还可以让妮尔的妈妈来弹钢琴，她弹得不错。最棒的是，你妈妈已经答应做我们演出的女主角了，她负责唱歌，多好啊！”

“我们一家三口又能在一起了吗？”杜鲁问。

“当然，和以前一样，是不是很棒？”阿库勒斯笑容满面地回答。

突然听到这么好的消息，杜鲁有点不敢相信，便又问他：“你们怎么突然改变主意了？”

阿库勒斯摘下帽子，挠了挠头，尴尬地回答：“这就叫‘山重水复疑无路，柳暗花明又一村’。”

“什么意思？”杜鲁听不明白。

阿库勒斯蹲下来，认真地面对他，郑重地按着他的肩膀，向他保证："不要担心，儿子。所有的一切会越变越好的，等着瞧吧。"突然，他开始用力摇晃杜鲁的身体，更奇怪的是他居然像狗一样冲着他汪汪叫——

"快起来！"

杜鲁猛地睁开双眼，眼前是妮尔，她的脸凑到他眼前，直勾勾地盯着他。旁边还有女王，正在他的床上兴奋地蹦来蹦去，汪汪叫着。

"我这是在哪儿？"他疑惑地问她。

"在自己的床上呗，傻瓜。你还能在哪儿？"

听到这个回答，他一屁股坐起来，发现已经快到中午了："我爸爸呢？"

"你爸爸？"妮尔一脸疑惑，"他不在这儿呀。"

"但他刚才还在……"他突然意识到自己刚才一直在做梦。

"昨晚的事让你脑子糊涂了吧。快看这个。"

她拿着弹弓，冲他晃晃："这不是蛇的标记，是英文字母S。"

"你说什么？"他依然糊里糊涂。

"快看这里，把手上刻的不是蛇，而是英文字母S，你觉得是这样吗？"

杜鲁一把推开赖在他身上的小狗女王，开始仔细研究起弹弓来。昨晚在黑暗中看把手上雕刻的花纹，很粗陋，看上去像一条蛇，现在他不得不承认，确实更像英文字母S。

“我们认识的人中谁的名字是以S开头的?”妮尔开玩笑地问，还一本正经地报起名字来，“萨米·祖克曼?萨莉·任德尔?嗯……斯尼·瑞·莫莱?”

她提到的人和嫌疑犯一点儿都沾不上边。

就在这时，有人在卧室门口敲门。接着就看见大小子把脑袋伸进来，冲他们打招呼：“你们还赖在床上呀?真够舒服的，我可没有这么好的命，一大早就起来干活了，案件破得怎么样了?”

“你倒是去哪儿了?啥忙都没帮上!”妮尔没好气地说。

“我一直像大人一样，在农场里干活啊!”大小子骄傲地说。

“你来告诉他，”杜鲁对妮尔说，“我先起来穿衣服。”

妮尔把过去两天发生的所有事情都原原本本地告诉了大小子。包括红头发拉尔夫、警长和他的儿子、弹弓、蛇窝，被三K党追杀，等等。大小子听得愣在那里，一动不动，就像看电影似的，故事情节变得越来越精彩，他开始从口袋里掏出零食，像在看电影一样，咔嚓咔嚓嚼起来。

当他一眼看到床上的弹弓时，甚至兴奋得大喊一声：“太棒啦!”

“你到底在嚼些什么，大小子?”妮尔不耐烦地问，“我在辛辛苦苦地告诉你我们的破案过程，你倒好，像只松鼠一样嚼个不停。”

大小子听得哈哈大笑，差点儿把自己噎着。他赶紧把嘴巴里的东西吐到手上。

“我在吃坚果。”把嘴巴里的东西清理干净，他终于能够开口说话了，他指着弹弓问，“这就是破案线索吗?”

“你真恶心，”妮尔对他刚才的举动极其反感，“没错，这就是线索，靠它还真有可能破案。你怎么能把嚼过的东西吐到手上，难道你妈妈没教过你吃东西的礼仪吗?”

虽然被妮尔骂了一通，大小子一点儿都不生气，还得意地咧嘴笑着说：“她当然教过我，但这些东西是我偷的，我得赶快把它们全吃光!”一提到偷东西，他有点害怕。

这时杜鲁从卫生间走出来，他把自己收拾得干干净净，恢复了往常漂亮的模样，他也听到了大小子的话，便开玩笑地问妮尔：“他偷吃被逮住了吗?”

妮尔没顾上回答，她皱着眉头，还在训大小子：“我们在那里千辛万苦地破案，你不帮忙也就算了，怎么倒还偷去东西了?”

大小子不以为然地耸耸肩：“如果你是在地上捡到这些吃的，还能算偷吗?”

“那倒不算……可你为什么说是偷的呢?”妮尔想不明白。

大小子朝四处看了看，见周围没人，就凑近他俩，低声说：”我偷偷溜进老波勒的院子里，这些坚果就是在那儿捡的。“

妮尔吃惊得连嘴巴都合不拢了：“你疯了吗？你居然敢去他家，被他发现你偷他的果子，他会活剥你的皮！”

“但我没上他家树上偷呀，这些果子都是在地上捡的！那他还有什么好说的？”

他俩你一言我一句地相互顶撞，谁都不服谁，直到杜鲁开口，打断了他们：“让我看看你吃的是什么。”说着，他掰开大小子捏紧的拳头，仔细观察手心里嚼了一半的坚果，并得出结论：“这些是山核桃。”

“没错，怎么了？“大小子不解地问。

杜鲁盯着他的手，自言自语：“哦，原来是这样……”

“是哪样？”妮尔也不明白他的意思。

杜鲁顾不上回答，一味沉浸在自己的思绪里，就像大侦探夏洛克一样，在破案成功前，神探也会这样深思熟虑。想了好一会儿，杜鲁终于开口宣布：“现在真相大白了。”

说着，他一把抓起桌上的弹弓，仔仔细细查看上面用手雕刻的英文字母S。“这下全都对上号了，”他兴奋地嚷嚷，“恶巫师……山核桃……还有弹弓——线索一直都在，就在咱们眼前，终于找到这个S了。”

“杜鲁！你到底在唠叨些什么呀？山核桃和案件有什

么——”问到一半，妮尔突然停下来，一脸惊喜，好像在马路上捡到了金币一样开心，“噢，原来是这样。”她冲杜鲁默契地点点头。

大小子看着他俩胸有成竹的样子，自己却什么都不清楚，便着急地挥着双手嚷嚷：“哦，看在老天爷的分上，赶紧告诉我吧，不要让我变成一个大傻瓜！”

杜鲁把双手郑重地放在大小子的肩膀上，向他贺喜：“恭喜你，探长。你刚才成功破案了！”

监　视

杜鲁知道波勒·索尼就待在自己家里。他想找索尼谈谈，让他认罪。

杜鲁、妮尔和大小子放学后就来监视波勒家，他们盯着这幢神秘的房子，但不敢靠得太近。不知道为什么，波勒先生，也就是索尼的爸爸，今天没有像往常一样去上班，而是忧郁地坐在门廊的长凳上，瞪着院子里的树出神。

天空阴沉沉的，预示着暴风雨即将来临，大风卷起地上的落叶，呼呼作响，他们三个只能躲到波勒家对面的瞎子船长家。瞎子船长沃斯家的篱笆墙后面，是他们的藏身之处，因为船长又聋又瞎，他们可以一整天都躲在他的院子里，不会被他发现。

今天是万圣节，家家户户都很热闹，只有波勒家例外，妮尔更加强烈地感到波勒家简直就是一座古老的坟墓，被幽灵似的树木和生锈弯曲的篱笆包围着，整幢房子由深色木头搭建而成，据说经常闹鬼，房子中间的木头已经开始坍塌，一副荒废颓败的模样。院子里爬满了巨大的斯卡珀农葡萄藤，矗立着高大的野生山核桃树。如果不小心把球扔到他家院子里，而波勒先生正好在家的话，可以肯定那球就会永远消失不见。

“我觉得他可能知道我偷了他的山核桃，”大小子惴惴不安地说，“他正等着我们自投罗网呢！”

“他怎么会等着我们呢？”杜鲁不屑地训他，“别胡说八道，他和他太太迟早会出门的，等他们一走，我们就去找索尼谈谈，解决所有问题。哪怕我没戴侦探帽，也照样能破案。”

杜鲁的如意算盘打得挺好，但具体该怎么做，他们三个谁都不知道。

“万一碰到索尼的姐姐萨莉该怎么办？”妮尔问。杜鲁把萨莉忘得一干二净。

时间又过去了几个小时，这期间波勒太太出来过几趟，和她丈夫说了几句话，但她丈夫还是忧郁地坐在那里，一动不动。三个小侦探只能在沃斯船长家的篱笆上用铅笔玩下棋游戏来打发时间。他们轮流负责监视波勒家。轮到大小子监视时，刚探出脑袋，就听到街角传来马蹄声和运货马车的轱辘声。但他很快意识到那不是马，也不是马车，而是埃迪森来了。他穿得像个牛仔，手里敲着两只木碗，发出逼真的马蹄声，他自己也像马一样，时不时地嘶叫一声。大小子觉得很有趣，开心地哈哈大笑起来，突然发现他正冲着他们走来。

大小子吓得赶紧把头一缩。

“你在躲谁呢?”妮尔问他。

这匹“马”似乎走得更近了：“一匹马。”

“你在躲一匹马?”杜鲁不相信自己的耳朵，他探出脑袋，一眼就看见埃迪森正朝他们走来。埃迪森一看到他们就停住脚步。

“你好哇，杜鲁！你们在干啥?”他扯着大嗓门问。

杜鲁赶紧低下脑袋，藏到篱笆后面，胡乱地应付他：“没什么，埃迪森。就是……玩游戏而已。”

话音刚落，他就知道自己说错话了。埃迪森马上兴致勃勃地透过篱笆盯着他们看，嘴里还嚷着：“算我一个，我最喜欢玩游戏啦。”

妮尔又惊又慌，压低嗓子呵斥他：“快蹲下来，别让波勒先生看到你!”

他居然还傻乎乎地回头看，边看边问：“波勒先生在哪儿呢?”

她急得一把揪住他的后脖领子，使劲一拉，就把他揪到

妮尔又惊又慌，压低嗓子呵斥他："快蹲下来，别让波勒先生看到你！"

了篱笆墙后面。很少有小姑娘像她这样，这么勇猛有力。

被她猛地一拉，埃迪森站不住了，四脚朝天地摔在草地上。嘴巴里还不停地问：“天哪，这是万圣节玩的游戏吗?”

“没错……是万圣节的捣蛋游戏。”杜鲁一边骗他，一边向外查看，看波勒先生有没有注意到他们。幸运的是他好像在长凳上睡着了，没看到他们。

“听着，埃迪森。游戏是这么玩的，我们在和波勒先生玩捉迷藏，他不知道我们躲在这儿，你也不能让他知道，懂吗?”

“可万一他找到我们了呢?”埃迪森一脸兴奋。

“那就没有糖果了，”杜鲁回答，“我们可不想这样，所以如果你要玩的话，就得另找个地方躲起来。”

埃迪森马上点头表示同意。

“我喜欢听你学马叫，”大小子说，“你差点把我给骗了，我还以为真有一匹马呢。”

一听这话，埃迪森开心极了，他笑着说：“我躲到沃斯船长家的谷仓后面怎么样？那样的话我还可以当一匹马。”

“好主意，埃迪森。不过你别在那里躲得太久，过一会儿，你就可以回到街上去，继续扮成马，驾着马车去要糖。”

埃迪森扮了个鬼脸，“杜鲁，我不是马，是马车，”他得意地说，“你们城里人连马和马车都分不清……”

他轻声嘀咕着，悄悄地消失在谷仓后面。

“唉，终于搞定他了。”妮尔松了一口气，放心地说。

下午慢慢地溜走了，随着磨坊收工的汽笛声响起，天空也呈现出黄昏的色彩。工人们走在下班回家的路上，街上出现了孩子们的身影，他们身穿万圣节的盛装，兴高采烈地走在街上，准备挨家挨户去要糖。这时波勒太太从屋里出来，和波勒先生一起走下门前的台阶，准备出门。

“他们终于出去啦！我猜他们不想待在家里给孩子们发糖果，”大小子兴奋地猜，“说到糖果，咱们什么时候去要糖？”

杜鲁和妮尔都没工夫回答他的问题，他俩把脖子伸得老长，从篱笆墙后面拼命往外张望，他们看见波勒夫妇走出大门，还回头把门锁上。他们的身影刚从街道的拐角消失，杜鲁就立刻站起身来。

“这游戏比要糖有趣多了，大小子，”他开玩笑地问，“今年的万圣节你被吓坏了吧，你有多久没被吓到了，去年的万圣节，还是前年的万圣节？”

妮尔可没他这么轻松，她愁眉苦脸地问：“接下来我们到底该怎么办？难道真的去波勒家，去敲他家的门，对着索尼打招呼，‘你好，索尼’？”

“想那么多干吗，我们可以随机应变嘛。只要记住一点，万一他来抓你的话，就赶紧跑开。”杜鲁得意地说，“我可不怕他，但你就不一样了，你不像我，没和他近距离接触过。”

他们三个边说边走到马路对面，来到波勒家门前，隔着院子的篱笆，像间谍一样偷偷地蹿来蹿去，不断向屋里窥视。孩子们要糖的队伍不会经过这里，大家都知道这屋子闹鬼，不敢来。

妮尔感到几滴雨滴啪啪砸在自己的胳膊上，不禁埋怨了一声：“这下可好，案子没破，我们倒淋成落汤鸡了。”

雨滴迅速密集起来，开始下大雨了。妮尔望着波勒家门前的空地，好像有什么东西在动。这时他们突然听见前面的纱门吱呀一声打开了，吓得赶紧蹲下来，躲在篱笆后面，一动不动。

妮尔透过篱笆条往里面偷看，“有人在门廊上，”她低声提醒，“快看，就是那个阴影在动。”

“可能是索尼的姐姐吧，”大小子猜测。他正忙着把口袋里剩余的山核桃掏出来，绕过篱笆，悄悄倒回波勒家的院子里。

杜鲁迅速地瞄了一眼，“不是的，是……索尼，”他肯定地说，“快看。”

倾盆大雨挡住了他们的视线，他们抹一把脸上的雨水，眼睛挤在篱笆条之间，使劲盯着眼前的院子，立即就看清楚了活动的东西正是索尼，他就在里面，像个幽灵一样飘来飘去，嘴里咕呱咕呱地叫着，和乌鸦的叫声一模一样。

索尼·波勒又高又瘦，长得很可怕。有一次，大小子看到他在门廊上磨刀，就把这事告诉了其他孩子。谣言迅速地在孩子当中流传开来，说如果晚上碰到他的话，他会用一把屠刀活活宰了你。

“我们是不是得回去了……”妮尔开始有点胆怯。

“哼，整天说自己胆子大，现在让大伙儿瞧瞧，到底谁是胆小鬼，”杜鲁吓得浑身发抖，但嘴巴还不肯服输，“你不是三K党都不怕吗，怎么会怕索尼？他才十几岁——”

妮尔重重地拍了杜鲁一下，拍在他的胳膊上。“哎哟，你干吗打我？”杜鲁不服气地叫。

“因为你废话太多！”她训他，“告诉你吧，我才不怕他呢，只要你让我去，我现在就敢去问他。”

大小子听得不耐烦了，挺直身体问他们：“你们真的觉得是索尼干的吗？”他的嗓门有点大。

“不是觉得，探长，而是肯定。”杜鲁胸有成竹地回答。

“就因为他们家有山核桃吗？”大小子的嗓门扯得更大了。

“嘘！”妮尔低声制止他，“不只是山核桃，大家都知道他喜欢晚上出来乱逛，还盯着别人的房间看。再说，他一直挺怪的，他的名字还是S打头的呢！”

“他既然叫索尼，名字当然是S打头，这有什么好奇怪的？”大小子还是不相信，“不过他真是怪，我只能跟你们说这么多。有时候我听到那些关于他的故事，汗毛都会被吓得竖起来！”

“谁吓你了？”

这时一道闪电从天空划过，他们三个不约而同地抬头一看，发现索尼·波勒正隔着篱笆站在他们对面，居高临下地瞪着他们。在这个风雨交加的夜晚，他眼眶突出，骨瘦如柴地站在那里，眼睛周围全是深深的黑眼圈，看上去简直像个魔鬼。

“小心他有刀！”大小子惊恐地尖叫起来。

杜鲁和妮尔吓得一下子跳起来，转头就跑。他们从来没有跑得这么快，如果现在是公猪节百米赛跑的话，他俩肯定并列第一名。

忽然从黑暗中传来一声惨叫，很快又无声无息了。“大小子呢？”妮尔惊恐地问杜鲁。

这时远处传来一阵微弱的喊声：“救命啊，他抓住我了！”

杜鲁和妮尔躲在一棵橡树后面回头张望。“哦，我的天哪！他抓到大小子了——我们该怎么办？”杜鲁焦急地问。

“我们当然得去救他呀。”妮尔毫不犹疑地回答。

杜鲁已经被吓得六神无主了，结结巴巴地问：“可，可是他要把我们也抓住呢？”

“我还觉得你是条斗牛犬呢，胆子哪儿去了？快把你的牙龇出来，像斗牛犬一样凶，这样咱们才能去救大小子！”妮尔越说越气，使劲推了他一把，他往后一退，直接靠在树上。

这时候杜鲁已经无法把自己变成凶狠的斗牛犬了，反而像宠物狗吉娃娃一样害怕得直发抖，一步也不肯走。

看他吓成这样，妮尔无奈地摇摇头。“好吧，那我去。”她说完就转身，一头扎进黑暗的马路，回去救大小子。

“妮尔！”杜鲁着急地大喊。

可她已经消失不见了。

紧接着，杜鲁就听见一阵厮打声和叫喊声。他惊恐地闭上眼睛，用手堵住耳朵。他讨厌打架，但更讨厌自己胆子太小，临阵脱逃，没去救朋友。他越想越难受，简直无法面对这一切，只能选择逃跑，于是他飞快地跑开，跑得离妮尔和大小子越来越远，跑进了黑漆漆的夜里。

陷入困境

当杜鲁跑到A. C.家门前时，已经狼狈不堪了。他浑身湿透，上气不接下气，哭得连话都说不出来，因为他相信自己唯一的两个好朋友已经被杀了。一想到从此只能孤零零地活在世上，既没有父母的爱护，也没有好朋友的陪伴，他心如刀绞，彻底崩溃了。

“杜鲁，到底发生什么事啦?”A. C.一开门，看到杜鲁这副模样，不禁吃了一惊，“你不会为了去要糖把自己搞成这样子的吧?”

但他立刻感到杜鲁受到了严重的惊吓，便马上带他进屋，让他坐在火炉边上，安慰他：“你的膝盖在流血，我来给你包扎一下。”

“我……我……我跌了一跤……”杜鲁连话都说不清

了，“他……他……抓住了……他们……”

他该怎么跟A. C.说他最爱的女儿已经死了呢？

A. C.看他这么害怕，便蹲下来，冷静地安慰他：“慢慢来，杜鲁。深吸一口气，然后再把整件事情说出来，你可以的。”

杜鲁点点头，擦擦鼻子下面淌的鼻涕，同时深吸一口气，慢慢地吐气，终于让自己冷静下来，可以开口说话了，但声音很轻很轻，就像蚊子在哼哼：“李先生，您的女儿……”

就在这时，大门砰的一声被推开，妮尔和大小子兴奋地冲进来。“原来他在这儿！”她高兴地大喊道。

杜鲁一下子跳起来，紧紧地搂住他俩。“你们还活着！”他哽咽着说，眼里又涌起了泪花。

“我们当然活着，傻瓜。”妮尔又好气又好笑地回答。

杜鲁羞愧地看着大小子，“大小子，对不起，”他抽抽噎噎地道歉，“我没去救你，是我不对。”

“好啦好啦，杜鲁，我刚才晕倒了。他抓住我的时候……”

A. C.用烟斗敲着盘子打断了他们的话：“你们当中至少有一个人可以告诉我到底发生了什么事吧？”

杜鲁看看妮尔，等着她开口。她不情愿地叹口气，上前迈了一步，慢慢解释起来：“是这样的，A. C.……”她话匣

杜鲁一下子跳起来，紧紧地搂住他俩。“你们还活着！”他哽咽着说，眼里又涌起了泪花。

子一打开就止不住了，滔滔不绝地把整件事情交代得一清二楚，还包括他们荒唐的破案计划。

杜鲁坐在一边，神情专注地听她讲故事，绝对比写《福尔摩斯》系列故事的大作家柯南道尔还要认真仔细。还好，她没提杜鲁不敢去，她只好自己一个人去救大小子的事。

“后来怎么了，妮尔？我真的以为你俩都会被……”杜鲁虽然害怕得直喘气，可还是忍不住开口问她。

妮尔没回答，却瞟了大小子一眼，大小子立刻羞得满脸通红，尴尬地解释：“是这样的，杜鲁。当时我太害怕了，可能，嗯，也许……”

“他晕倒了，”妮尔友好地帮他打圆场，“我到那儿的时候，索尼正抱着他，怕他跌倒摔破脑袋。我都不知道该说什么了，只能走过去帮忙，索尼一直陪着我们，直到大小子自己能站起来，我就扶着他回来了。”

杜鲁简直不敢相信自己的耳朵，惊讶得嘴巴都合不拢了：“可是……他说什么了？你没问他那事儿吗？”

妮尔不敢看他，只好盯着火炉，惭愧地回答：“问是问了，可还是不能确定。我不知道该跟他说什么，他就站在那儿看着我，我壮着胆子问了他一句：‘是你干的吗？你打碎了他们的玻璃窗，还偷了东西？’刚开始他没回答我，只是瞪着我，过了好一会儿才点点头，接着他转身就走了，很快就在黑暗中消失了。”

A. C.一直没说话，他沉思了很久，在想孩子们的这桩案件。他自己也怀疑过索尼和警长的儿子埃利奥特，也想过有没有足够的证据让法官去审判他们。必须要有人来承担打破玻璃窗的经济损失，这当然没错。可要真的走到那一步，把两个孩子抓起来的话，对两个家庭都是不小的打击，大家都得承担后果。于是他问："你们觉得该让索尼和埃利奥特受到惩罚吗？"

妮尔毫不犹豫地点点头："当然啦。没人让他们去打破别人的玻璃窗，难道他们不应该受到惩罚吗？"

A. C.在房间里来回踱步，妮尔经常看到他在陪审团面前也这么走，他耐心地向孩子们解释："如果一个人犯了罪……他要么苦修忏悔，要么受到惩罚，要么进监狱，他必须赎罪。但你们有没有想过他为什么会犯罪呢？嗯，这个问题有点复杂……如果你们不知道罪犯的真实想法，是没有办法了解案情真相的。所以你们得深入罪犯的心理，旁敲侧击，耐心研究……谁知道呢，也许他们也有自己的苦衷。"

杜鲁听糊涂了，不解地问："比如说什么苦衷？"

"呃，这才是问题的关键，对吧？有时候掌握犯罪动机是件很神秘的事……你们有没有这样的经历？你们曾经干过一件坏事，但干完又很后悔，你们是怎么补救的呢？"

听到这里，杜鲁和妮尔都不由得深吸一口气，他们觉得事情好像变得越来越复杂了。

审判日

A. C.向法官报告了这个案件。杜鲁、妮尔和大小子都不知道他是怎么说的，因为他拒绝向他们透露任何信息。但几天后，杜鲁和妮尔看见索尼和埃利奥特被大人带着去法院，在方特法官面前接受审判。方特法官可不是一般人，他一头白发，神情严厉，不像活人，倒像块冷冰冰的石头。

杜鲁和妮尔躲在二楼的包厢里观看整个审判过程。威严的法庭内一个人都没有，除了A. C.、警长和波勒先生外，没有任何其他人在旁听。一台又老又破的电扇在他们头顶上慢悠悠地转着，可没有带来丝毫的凉意，因为楼下的辩论，激烈紧张到白热化的程度了，这一点连楼上的杜鲁和妮尔也能感觉得到。他们看见索尼低着脑袋，坐在桌子后面，一副垂头丧气、可怜巴巴的模样，活像一只小狗，因为咬地毯而被主人暴打了一顿。杜鲁不由得感到一阵内疚。

埃利奥特和他爸爸长得一模一样，简直就是年轻版的警长，可惜他没有他爸爸那么冷酷威风。他不停地打断审判流程，不时地嚷嚷“不是我的主意！”“那胸针是索尼偷的！”这些话，他喊了一遍又一遍。

A. C. 看着索尼问他：“他说的是真的吗？孩子，胸针的主人雅布罗先生很难过。他说这枚首饰是他家的传家宝，如果你能把它原封不动还回去的话，他可以考虑不追究这事，也不起诉你。当然，打碎的玻璃还是得赔钱的……”

索尼好像没听见一样，安静地坐在那里，呆呆地盯着眼前的地板。

警长坐在他们后面的旁听席上，抱着两只胳膊，不耐烦地听着他们的对话。波勒先生就坐在索尼旁边，他气得连脖子都涨红了，见索尼没有回答 A. C.，便凑到他的耳边，厉声呵斥几句，索尼被吓得又往里缩了缩。

“你觉得他们会被送到监狱里去吗？”杜鲁连大气都不敢喘，低声问道。

“唉，要是我们能管住自己的嘴巴，不到处说就好了，为几块碎玻璃去坐牢也太不值了。”

“要不咱们来帮他们赔玻璃钱吧，”杜鲁突然提议，“咱们在县中心广场上摆个摊，卖柠檬汁和煮熟的山核桃。我敢打赌赚二十美元肯定没问题！”他越想越激动，兴奋地打起了响指。法官被他的声音惊动，开始抬头看他们。他俩吓得低下脑袋，赶紧缩回自己的座位上坐好。

A. C.和方特法官谈了好久，那把弹弓就放在隔着他俩的法官桌上。

法官终于点点头，安静地等A. C.回到自己的座位后就举起他的法官槌轻轻敲了一下，严肃地要求："被告起立。"

埃利奥特立刻站起来，但索尼还是缩着不动，波勒先生只好拎着他的衣领把他拽起来。法官开始宣判："本庭宣判，我们这个民风淳朴、秩序良好的县城不能容忍，也不允许你们的恶意破坏。但是，本庭包括我本人都认为两被告还很年轻，应以教育改造为主……综上所述，本庭宣判送两被告去亚拉巴马州教养院劳动教养一年，以资惩戒。"

一听到这个判决结果，波勒先生和警长马上激动地从座位上跳起来，他们再也控制不住自己的情绪，抢着要和法官说话，生气地表示抗议。法官只能再次敲响法官槌，警告他们，A. C.也赶紧过来安抚。

在大人们的喧闹声中，索尼抬起眼睛，偷偷打量整个法庭。很显然，他希望自己能从这里消失，到任何地方都比待这里让他感到舒服。最后他的目光落在楼上的包厢里，杜鲁和妮尔和他四目对望的时候，都不知道该怎么办了，只能呆呆地坐在那里，不敢说话，也不敢回视。

索尼倒大方地冲他们挥挥手，一直看着他们，直到他父亲喊他，他才回过头去。

“唉，我们还是走吧。”杜鲁垂头丧气地提议。

一路上他们都没说话，安静地走到妮尔家，在A. C.的书房里等他回来。他们等了将近一个小时A. C.都没回家。

好不容易等到他回来，他一开书房的门，妮尔就连珠炮似的问开了：“嘿，发生什么事了？A. C.，索尼承认那个浮雕胸针是他偷的吗？”

A. C.不慌不忙地清理他的烟斗，敲着烟斗柄把烟灰倒进烟灰缸里，然后才慢悠悠地开口回答：“没有，他没承认，妮尔。所以这还是一桩，嗯，悬案。但警长和波勒先生已经成功说服了法官，不送两个孩子去教养院，而是让他俩在家闭门思过。他们说把他俩关在家里比送到教养院要靠谱得多，就凭他们的手段，他俩会得到更严厉的惩罚。这一点，我倒相信，尤其是波勒先生，他说要狠狠地教训索尼一顿，让他一辈子都忘不了。”

杜鲁和妮尔相互看了一眼，都害怕地吸了一口冷气。“要不我们来帮忙付碎玻璃的钱吧，”他怯生生地提议，“实在不行，我们可以去求求珍妮，让她把她的胸针给雅布罗先生……”

“可是，你们为什么要这么做呢？”A. C.感到有点奇怪。

“都是因为我们，索尼才被抓的。”妮尔内疚地回答。

“你说得没错，有时候，实施正义不会让任何人感到愉快，但我觉得他俩已经接受教训了，”A. C.点点头，边想边说，“你俩也可以从这件事上学到一点东西。”

“什么东西？”妮尔好奇地问。

A. C.微笑着从烟斗里喷出一口烟来。“待在这儿别动，孩子们。”说完，他突然转身离开了房间。

“他去哪儿了？”杜鲁低声嘀咕。

妮尔也觉得莫名其妙，耸耸肩答道：“不知道，你问我，我问谁呀？”

这时他们听到A. C.在开地下室的门，接着就听到地下室的台阶上响起了一阵沉重的脚步声。

“难道他把手枪藏在地下室了吗？”杜鲁开始担心起来。

一听这话，妮尔啪地一下拍了他的脑袋，感到又好气又好笑：“天哪，A. C.可不会开枪，他只是个律师。”

这时从地下室传来一句低低的咕哝：“哎呀……原来你在这儿。”接着就是一阵翻箱倒柜的声音，又听到几声咕哝，最后听到A. C.迈着沉重的脚步上楼了。

他砰的一声推门进来，先是背朝他们，接着慢慢地转过身来。手里抱着一个陈旧生锈的金属箱子，上面还有个木头把手。他把箱子小心翼翼地放在他俩面前的桌子上。

A. C.开箱子上的弹簧锁时，杜鲁瞟了妮尔一眼，发现她和自己一样好奇，看来她也不知道里面装着什么。A. C.终于打开了箱子，里面的东西展现在他们面前，这东西看上去像一架手风琴的背面，有很多按键，可它不是一件乐器，而是一台老式的五号打字机，键盘是用黑色的木头做的。

“我小时候就是在这台打字机上学会打字的，”A. C.感慨地说，“现在我把它送给你们了。或许它可以帮助你们，把你们的长篇故事写下来，对你们来说，写作比刺探别人的隐私要有意义得多，你们就专心写故事，把破案的事交给像我这样的大人吧，即使你们不相信我，也得相信公正的法律吧。”

妮尔兴奋得一蹦三丈高，摸着打字机的键盘，不敢相信地问：“这打字机真的给我们了吗？”

“真的，”A. C. 点头说，“现在你们可以写自己的故事了。谁知道呢，说不定你们真会迷上写故事，再也不来法院捣乱了。”

杜鲁咧着嘴开心地笑了，看来今年的圣诞节似乎来得很早，连圣诞礼物都早早送来了。

作家和选美皇后

接下来的日子里，杜鲁和妮尔每天都在一起写故事。有时候他们在A. C.书房里碰头，由杜鲁编故事，妮尔打字。有时候，他们在杜鲁家里见面，由妮尔编故事，杜鲁打字。还有些时候他们会在两家的中间地带集合，把那台打字机搬到他们的秘密总部去（这可不是件简单的活，为了把打字机拖上去，他们特意用绳子和滑轮做了个起吊装置）。通常，杜鲁得催着妮尔编故事，不过一旦她进入状态，就编得非常好了。大小子本来也想加入的，但他实在没有想象力去做这种事，所以他只能搂着小狗坐在一旁，听他俩编故事。

他们编的故事太有意思了！在悬疑破案故事里，他们会把自己写成聪明的侦探。在历险故事里，他们成了英雄，游览许多奇异的地方，经历很多冒险，闹出很多笑话。有时候他们也会写一些普通人的小故事，比如县里某个大忙人，因为管不住自己的大嘴巴，乱传话，给自己带来一大堆麻烦之类的趣事。

杜鲁把他们的故事保管得很好。他特意把它们锁到一个皮箱里，放在自己的床底下，还把皮箱的钥匙穿上链子，挂在脖子上。寒冷的夜晚，大雪覆盖了门前的马路，全家人都坐在火炉边烤火，杜鲁就开始绘声绘色地说起他们写的故事来。珍妮和凯莉对他的胡编乱造不屑一顾，但还是会像巴德表哥一样，被他的故事逗得哈哈大笑。杜鲁在故事里讲苏克怎么过感恩节和圣诞节，苏克听得眼泪汪汪，非常感动。他把最精彩最离奇的故事留到大年夜，作为新年礼物，讲给他们听。

过了新年，妮尔的妈妈病情好转，突然回家了。在她情绪平静的时候，妮尔会给她讲一些他们编的故事，大部分是滑稽故事和侦探故事。这些故事能让她放松下来，不会胡思乱想。她很认真地听着，时不时地猜测（当然通常不会猜对）情节的发展和罪犯的身份。看得出来，她很喜欢听妮尔讲故事，这比她在医院里待着有意思多了，尤其是A. C也加入进来听故事的时候。

孩子们每天都过得很开心，不管是在家里还是在学校里，总有新的想法和新的构思来编出新奇的故事。门罗维尔的生活仍然很无聊，他们也没什么有意思的事情可做，但至少他们可以在自己的故事里经历一切，这已经让他们心满意足了。

总有人会突然出现在门罗维尔，妮尔的妈妈不是唯一的一位。有一天，杜鲁和妮尔正在清洗他的宝贝飞机三轮车，他不经意地一抬头，发现自己的妈妈正站在门口。

她已经好几个月没回来了，他都差点儿忘了自己还有一个妈妈。但亲眼看到她活生生地站在面前，杜鲁仍然激动不已，对妈妈的深刻依恋瞬间让他无法自已，一下子冲过去，紧紧抱住她的腰。

“我给你带来了惊喜。”她说。

“什么惊喜?”他问。

她从背后捧出一张获奖证书。“这下子你该为你妈我骄傲了吧。”她得意地炫耀着。

“这是什么?”他问。

“哦，这是我赢的一个奖!”她向他解释。

杜鲁和妮尔四只眼睛都盯着那张证书看。上面写着：伊丽莎白·雅顿杯选美大赛一等奖获得者：莉莉梅·波森斯。

“你怎么在选美比赛中获奖了?”杜鲁一脸不解地问。

“我只是寄了一张老照片过去，他们就选中了年轻时的我。”她有点羞愧地解释。

“谁是伊丽莎白·雅顿?”妮尔插嘴问。

“她是全世界最有钱的女人之一，开着美国最大的化妆品公司，”她说，“他们邀请我去纽约参加一期免费的美容课程。是纽约，多好的事儿！你们能信吗？”

杜鲁听了一脸沮丧，失望地问：“这么说……你还是要走吗？”

“哦，别这么婆婆妈妈的，杜鲁。这是我的大好机会，我可不想错过，过两个月我就会回来的。亲爱的，别愁眉苦脸的，至少替我高兴一回吧。你可以出去说你妈是选美皇后啦。”

“我觉得您是很美。”妮尔由衷地夸她。

“谢谢，还是你懂事，妮尔。下次等我回来，也要给你好好打扮一下。”她看看妮尔脏兮兮的手和脚，叹着气说，“老天爷，你真该好好收拾一下了。”

说完她转身就走，连抱都没抱杜鲁一下，这让他伤心难过了好久。

缓期执行

阴冷潮湿的二月来了，杜鲁不安地躺在床上。他想睡觉但满脑子都是他妈妈在纽约的事。他想象着她打扮得漂漂亮亮的，在无数相机和闪光灯的包围中婀娜多姿地走在时装展示舞台上。

这时他听到一阵电话铃响。

杜鲁听见珍妮表姐从楼上走下来去客厅接电话。他可以稍微听到一点儿她说话的声音，但听不清楚。过了好久，客厅里一直静悄悄的，接着他就听见有人在走廊里走过来，终于他的卧室门被打开了，珍妮表姐探头进来，看他睡着了没有。

杜鲁赶紧闭起眼睛，假装在睡觉。但珍妮没走，反而悄悄地挪到他的床边，轻轻推着他的肩膀，喊他起来。“杜鲁，”她轻声叫，“是你爸爸的电话。”

杜鲁立刻睁开眼睛：“我爸爸？他干吗打电话来呀？”

珍妮带着他来到电话机旁，杜鲁揉揉眼睛，极力想让自己清醒点儿。她把话筒递给他，但他犹豫着没伸手去接，连他自己也不确定要不要和爸爸说话。

“拿着，杜鲁。”

杜鲁只能拿起话筒，“喂”了一声。

“杜鲁！”阿库勒斯的声音立刻传了过来，但听起来是那么遥远。

“你在哪儿？”

“……我在路上呢……”因为电磁干扰，他的声音听上去断断续续的。

“到底在哪儿？”

“听着杜鲁，去收拾一下你的行李。明天我会去接你。”

杜鲁简直不敢相信自己的耳朵：“我们要去哪儿？”

“我们来一段父子历险记怎么样？我觉得你已经够大了，可以去看看……”他的声音再次变得模糊不清。

“去旅游吗？明天？可我上课怎么办？”

“上课可以请假嘛。咱们父子俩在一起可比上课重要多了，尤其是你妈妈现在……”

电话断线了，杜鲁着急地大声喊：“喂，喂，爸爸，爸爸。”

还是没有声音，杜鲁只能把话筒递给珍妮。她一直在旁边静静地听着，现在终于开口了：“他说什么？”

“好像说是明天要带我出门一趟。”

珍妮无奈地摇摇头，放下话筒：“我不知道该不该让你去，杜鲁。”

“求你了。就去两三天嘛，凯莉会给我布置作业的，我保证在路上好好做。”

珍妮叹了一口气，答道：“那好吧，我也不能拦着你，不让你去，毕竟他是你爸爸。”

杜鲁开心地咧嘴一笑，飞快地跑回自己的卧室。爬到床底下开始找自己的行李箱。

他动静这么大，苏克当然被吵醒了：“我的老天爷，这大半夜的，你到底在干什么呀，杜鲁？”

“在找我的行李箱呢。明天我要和我爸爸出去旅游。”

一听这话，苏克愣了半天，好不容易才反应过来，问了一句：“那你功课怎么办？”

“凯莉会帮我补的。哈哈，终于找到啦！”杜鲁从床底下拉出一只旧的棕色行李箱，当初他也是提着这箱子来门罗维尔的。

苏克听说阿库勒斯明天才来，立刻躺倒打算睡觉，她觉得明天的事情可以留到明天干，现在只要好好睡觉就行了。可杜鲁却怎么也睡不着，他整晚都醒着，忙着收拾自己的衣服，写下要和爸爸谈的话题，这样爸爸开车的时候，自己可以和他说个够。他甚至想到他爸爸可能会带他去纽约看妈妈，或者像以前那样回到游轮上去。这两个地方选一个，他都很喜欢，他将经历很棒的旅行，只要把它写下来，都会成为精彩的历险记。

当太阳从东方升起来的时候，杜鲁已经累得精疲力竭了。但他还是精心梳洗了一番，坐着等爸爸来接他。小家伙来干活的时候看见杜鲁正在门廊的长凳上端端正正地坐着，便奇怪地问："你要去哪儿，杜鲁？"

杜鲁打着哈欠回答："我要和我爸爸出门一趟！"

小家伙翻翻白眼，自言自语地说："我才不信呢，会带你出门才怪！"她微笑着进门，任由杜鲁干坐着等。

妮尔和大小子去上学，路过杜鲁家门口，跟他打招呼。"嘿，快走呀，杜鲁。我们快迟到啦。"妮尔冲着他喊。

"今天我不去上学了。我要和我爸出去旅行。"

妮尔扮了个鬼脸，问他："你们要去哪儿？"

"想去哪儿就去哪儿。"

"天哪，怎么会这样？"她惊叫了一声。

大小子倒不觉得奇怪，他拉着她边走边喊："听上去很不错。杜鲁，我猜我们得等你回来才能见面了。"

凯莉走过来，把一大堆作业往他旁边一扔。"也就你爸能干这样的事儿，莫名其妙，不让孩子去上学，还要带出去

妮尔和大小子去上学，路过杜鲁家门口，跟他打招呼。“嘿，快走呀，杜鲁。我们快迟到啦。”妮尔冲着他喊。

玩……”她甩了一句这样的话，就头也不回地去学校上班了。

杜鲁才不管别人说什么呢。他马上就要去好玩的地方了。只见他耐心地坐在门口，看着附近内衣工厂的马车装着一车车内衣从他面前经过，看着来自贫民窟的厨子和雇工走路去干活，还看着去上学的孩子们在附近走来走去。

几个小时过去了，苏克发现杜鲁在走廊上睡着了，便扶着他，把他哄上了床。

他的爸爸阿库勒斯·波森斯一直没来。

被迫离开

时间飞逝，一转眼又过了好几个月，门罗维尔的生活，一如既往，节奏缓慢，毫无变化。春天来了，他们一起庆祝妮尔的生日，蓝色的绣球花和黄色的水仙花到处盛开；夏天到了，随之而来的是令人窒息的炎热。有一天，杜鲁的飞机三轮车突然神秘地失踪了，后来他们在马路边找到了它，但已经破得不成样子了。大小子想了很多办法来修理它，他居然还把它的翅膀给找回来了，但翅膀已经彻底断裂，没法再装上去，除了没有翅膀，这架飞机三轮车看上去就像新的一样。关于这辆车的事情，以后再说。

整个暑假，杜鲁和妮尔整天混在一起，他们还在写故事，还互相交流。对他们来说，不用去学校上学，实在是太好了。到了九月份，杜鲁的生日到了。可他爸妈没有一个人来参加他的生日宴会，妮尔知道他们肯定发生了什么不好的事情。县里的人都在传闲话，说杜鲁的爸妈离婚了，但没有人，包括杜鲁自己对她亲口说过这事。

杜鲁的生日过完后没几天，他突然不来上学了，也没去树屋那里。妮尔只能到杜鲁家去找他。她看见苏克正抱着小狗女王，坐在后院，向来开心快乐的苏克居然在哭呢。

“你怎么了，苏克？”

苏克用围裙擦擦自己哭红的眼睛，“哦，妮尔，你来啦，我们快要失去他了，”她哽咽着说，“这样做他肯定活不下去的……”

一听这话，妮尔感到后背一阵发冷，不由自主地问：“失去谁？”

“当然是我的小杜鲁呀……没有他在我身边，我该怎么办，妮尔？”她抚摸着小狗，眼里又蓄满了泪水。

妮尔简直不敢相信自己的耳朵：“你说什么？杜鲁他……难道他要死了吗？”

苏克摇摇头，悲伤地回答：“妮尔，比死还糟糕。万圣节一过完，我们的杜鲁就要被送到寄宿学校去了。他妈妈再婚了，说要把他带到纽约去呢。”

妮尔眨眨眼睛，怀疑地问：“他要搬走了吗？”

苏克点点头，把自己的脸埋到手里，不停地抽泣。妮尔不愿意相信这是事实。她飞快地冲进屋子，一口气跑到杜鲁的房间里，发现他正躺在床上，呆呆地瞪着窗外发愣。

“这是真的吗？”她劈头就问，等他回答的时候她紧张得喘不过气来。

“是真的，”他低声说，“我快死了。”说完就装出一副临死前的可怕模样，直到妮尔冲上来，使劲捶他的肩膀。

“你居然敢离开我？”

他摸着肩膀，“别这样，疼死了……”他咕哝了一声，“是的，我很快要走了。我妈说要让我搬过去，她又遇到了一个叫乔开普托的男人，她想让我去纽约和他们一起住。”

“可苏克说你要去寄宿学校住。”

杜鲁没吭声，两眼仍然望着窗外，心思却在走神，过了好一会儿才回过神来，开口解释：“不去寄宿学校，很不幸，他们找不到一家寄宿学校愿意收我这样聪明的孩子。所以我只能和妈妈一起住，从现在起，我不用去上学了，就在家里自己看看书。”

“你这个大骗子，”话刚一出口，妮尔马上就后悔了，毕竟这不是杜鲁的错，她还是不能相信他居然会走，可他眼里的悲伤是那么真切，使她不忍心再责怪他，反而想让他振作起来，“我不相信你居然真的可以去大城市。这不是你一直想要的吗？和你妈妈在一起，过丰富多彩的生活，大城市里有盛大的舞会和宴会，还有各种各样的展览，你会碰到很多有趣的人和事，这下你不愁没东西可写啦！”

杜鲁皱着眉头回答："这倒没错，我也是这么觉得的。可我实在不想离开这里。"

妮尔摇摇头："胡说，这儿有什么好的。这里什么可写的事情都没有，没有夜生活，也没有社交活动。而你马上要过上精彩的生活了，那会有多少有趣的故事啊！"

杜鲁转了个身，背对着她，轻声说："但我很快就要没有你了。"他开始小声哭起来。

听着他哭，妮尔的心都要碎成两半了，她也难过得要命，但她知道他俩之间，自己得做更坚强的那位。于是她坐在他身边，双手搂着他的肩膀。"哎呀，疼。"听到他一声尖叫，她吓得赶紧把手往后缩。

他却一把抓住她的手，紧紧握在自己的手里，"我不是肩膀疼，是心在疼。"他解释道。

她叹着气安慰他："你很快会在那儿交到新朋友的。每个人都喜欢你，杜鲁。"说这话的时候，连她自己都哽咽起来，好不容易才控制住情绪，没让眼泪掉下来。

"你和我都清楚，没人喜欢我。我说话不着调，穿得又太招摇，"他说，"这儿的人都对我很好奇，可除了好奇就没别的了，你知道的。只有我讲故事的时候他们才喜欢我，对他们来说，我就是个逗人乐的小丑。"

"你的话不全对，但即使真是你想的这样又怎么了？能逗人乐够好了。很多人做梦都想和你一样会讲故事，会逗人乐呢。杜鲁，总有一天，你会成为伟大的作家。到时候每个人都会读你写的书，每个人都会因为你的作品而喜欢你，欣赏你的。”

听到这话，杜鲁开始平静下来，有点怀疑地问她：“你真这么想吗？”

“当然，我一直是这么想的。”她点头回答。

杜鲁默默地想了一会儿，脑子里浮现出无数关于自己未来的场景。“我要你答应我一件事：只要你一直坚持写故事，那我也一定坚持。然后我们可以写信给对方，交换我们各自的故事看。”他满怀憧憬地说。

妮尔可没有杜鲁这样编故事的天赋，但她知道自己也有一两个好故事值得写一写。她又骄傲又担心地说：“再过几年，你就会把我忘了，杜鲁。你会变得很出名，到那时就没时间给我写信了。你会成为纽约的名人，和大人物一起参加各种盛大的化装舞会，你会成为报纸上社会版的头条人物。”

一听到“舞会”两个字，杜鲁猛地从床上坐起来，激动地喊：“没错，就这样办！”

“就哪样办？”妮尔问。

“如果我不得不走的话，那就干脆办个最盛大的告别晚会吧。办个整个门罗维尔县从没见过的晚会。那该多么与众不同啊！”

“真的吗？”妮尔有点不信。

“当然，我会办个让人永远无法忘记我的告别晚会。以后只要你拿出我给你寄的明信片给别人看，他们都会说：‘你还记得杜鲁的万圣节晚会吗？多么美妙的夜晚啊！我永远都难以忘记！’”

妮尔微笑着听他滔滔不绝地讲，她觉得这是一个绝妙的主意。

最后的狂欢

杜鲁差不多在过感恩节的时候就得走了，因此第二天下午一放学，他、妮尔和大小子就聚在一起策划起来。他们要举办一个门罗维尔县有史以来最盛大的告别会，一个百年难忘的超级盛会。

杜鲁打算把这次活动办成万圣节聚会。这情有可原，因为去年他们没能参加万圣节庆祝。他的提议马上得到他俩的认可。接着，杜鲁又想在周五晚上举办这次盛会。

“可没有一个九岁的孩子能在晚上举办告别会的。”大小子不同意。

“是没有，”杜鲁说，“正是因为这样，我们的告别会才能被别人记住呀。再说了，谁会在大白天搞万圣节聚会呀。”

“我同意，”妮尔全力支持，还兴奋地补充，“如果真是万圣节聚会的话，我们都得打扮起来！”

杜鲁大笑着回答：“当然啦，这还用说嘛，傻瓜！那将是一个令人难忘的化装舞会！我们可以要求每个人都盛装出席，包括大人们！我们还可以来个服装评比大赛，选出最佳服饰奖，由我来当裁判。”

“那我干啥？”大小子忙问。

“嗯……”杜鲁为难地挠挠脑袋，“如果你要当裁判的话，你怎么能参加比赛，怎么拿最佳服饰奖呢？”

大小子没想到这一点，只能悻悻地问：“奖品里有糖吗？”

“当然啦！而且奖品还有巧克力！得奖的人想吃多少就能吃多少！”

听到这里，大小子馋得口水都要流下来了：“噢，那我不当裁判了，我要参加比赛。我们会有咬苹果游戏吗？”

“没错！我们当然会有咬苹果游戏！”

“听我说，”妮尔插嘴道，“我们能轮流骑你的飞机三轮车吗？”

杜鲁一下子支支吾吾说不出话来了。飞机三轮车是他最爱的宝贝，尤其是它坏了又被重新修好后，连他自己都舍不得骑。他当然愿意让妮尔和大小子骑他的宝贝，但别的孩子他能让吗？

最后他叹了口气，妥协地说：“唔……那好吧，我觉得我可以让巴德表哥帮忙搭一个斜坡……”他边说边想，丰富的想象力再次发挥作用，“这个斜坡可以架在后院走廊的台阶上，我们可以骑着车从走廊往下冲，一直冲到院子里，这样飞机就有速度了，说不定还真能飞起来呢！”妮尔和大小子听到这个主意，都兴奋得欢呼起来。

“这将是有生以来最美妙的晚会！”妮尔感叹道。

“当然啦，不过我们需要珍妮站在我们这边，支持我们，”杜鲁冷静地分析，“据我所知，她从来没在家里举办过任何聚会，更不要说门罗维尔县有史以来最大的聚会了。”

“嗯，那就让珍妮也办晚会，在客厅里招待大人们，”大小子出主意，“他们可以边喝鸡尾酒，边欣赏留声机里放的音乐，珍妮的留声机可是名牌哦。”

“这主意棒极了，大小子。”

“没错，珍妮可以邀请县里的大人物来……甚至是县长。”妮尔也随声附和。

杜鲁已经兴奋得头晕目眩了。他的眼前出现了晚会的盛大场景——一百来个孩子和大人在后院里尽情地狂欢，各种各样的马戏表演和游戏等着他们去玩，大人孩子都很开心。他突然又有了个新点子：“女王可以扮成马戏团小狗，我再把黑人约翰·怀特和小家伙也喊来表演节目！”

黑人约翰有一套白色的西服和礼帽，那是巴德送他的礼物，感谢他多年来辛辛苦苦为他工作。黑人约翰只在他自己的窝棚里过结婚纪念日的时候穿。除了杜鲁，没人见过他穿过这身礼服。有一次杜鲁无意中闯进他家，看到他穿着这身白衣服，正和妻子在庆祝结婚纪念日。杜鲁觉得只要让黑人约翰穿上这身白礼服，脸上再涂点白粉，就和幽灵一模一样了。

除了当巫师，小家伙有时候会坐在走廊上拉手风琴，那是她父亲去世前留给她的，有时候她也会扮成精灵四处游荡。（后来小家伙不听杜鲁的话，不肯在聚会上表演，杜鲁就劝她说在万圣节的夜晚，所有的精灵都喜欢出来跳舞，如果她能表演，就能招来好精灵，她这才勉强答应。）

“我觉得你不该邀请黑人约翰和小家伙，杜鲁，”大小子说，“有人不愿意在晚会上见到……嗯，你明白的，见到黑人。”

“哼，瞎说！我们把他们好好打扮一下，保证谁都看不出来他们是黑人！再说了，我们还要邀请黑人埃迪森呢。他可以表演口技，他学火车的声音特像。我们可以跟着他的声音，假装自己坐在火车上，从一个游戏地点开到另一个。这该多有趣呀，他是晚会的明星，绝不能少了他！”杜鲁激烈地反驳。

看到杜鲁极力坚持，要邀请黑人，妮尔和大小子也只能耸耸肩不吭声了。这是为杜鲁开的晚会，他可以做任何他想做的事。

邀请谁成了问题

杜鲁充分利用自己讲故事的高超本领说服了珍妮来举办这次晚会。他说她将会成为县里的名人，每个人都会提到她，邀请县里的大人物来参加晚会对她的生意也大有帮助。谁知道呢，可能就是最后这点打动了她，所以这次她居然同意了杜鲁的要求，和杜鲁达成了一致，这真是破天荒的第一回。

因为门罗维尔县一向风平浪静，人们都闲得无聊，杜鲁要举办最后狂欢的计划很快就传得沸沸扬扬。学校里的每个孩子都渴望受到邀请，连恶霸博斯都对他好了很多（不会动不动就威胁要揍死他）。

珍妮的店里也变得热闹起来。好几个月不来的顾客突然都来光顾了，而且都纷纷暗示珍妮她们在举办晚会的那个周五晚上没事可干。一下子变成了人人争着巴结的大名人，杜鲁和珍妮当然很享受这种变化，尤其是享受拒绝的乐趣，尽情地拒绝那些以前得罪过他们的人，是多么舒心畅快呀。即便不是一口拒绝，至少也可以吊吊他们的胃口，为了受到邀请，他们就得天天来献殷勤。为了能参加晚会，比利·尤金和他的狐朋狗友自告奋勇来帮忙，这下杜鲁可得意了，大声吆喝着他们布置场地，把他们指挥得团团转，终于有机会当一回老大，杜鲁当然不会错过耍威风的好机会。

有时候，一粒老鼠屎坏了一锅粥，这条真理对杜鲁的晚会也同样适用。有人告诉博斯·汉德森他没有受到邀请，博斯很生气，扬言要报复杜鲁。在贫民窟里，博斯偷听到埃迪森兴高采烈地告诉别人自己受到了邀请，这下博斯找到借口了，他到处嚷嚷，说他这个白人孩子没受到邀请，黑人孩子反而成了香饽饽，能参加晚会。于是他愤愤不平地把这事告诉他爸爸鲇鱼，鲇鱼一听，觉得这事很严重，杜鲁邀请黑人参加晚会的事一下子就传开了。只要整个县里的人都在嘀咕这事，接下来的事情可以预见，警长自然会主动找上门来。

只要女王开始叫，麻烦马上就会到。杜鲁和妮尔突然听到女王在底下发出一阵狂吠，便赶紧从他们的树屋里探出脑袋，向下张望，正好看到警长把巡逻车停在门口。他俩立刻想起上次和他见面时发生的种种不愉快。杜鲁马上拿出客人名单，仔细查看起来，名单子上密密麻麻地列了一百多个名字，有的名字还被划掉了。“我们忘了邀请警长吗？”他问妮尔。

警长冲着女王低低地咆哮了一声，女王被吓得马上转身跑开，逃到山茶花后面躲了起来。这时珍妮小姐从门廊里迎出来，今天她不上班，穿着一件家常的粉色棉布连衣裙。只要她休息在家，就不喜欢被乱七八糟的事情打扰，这一点警长也知道，看着她向自己走来，警长的表情明显变得僵硬了。

“早上好，警长。今天怎么大驾光临，到我这儿来了？”

警长向她脱帽致意。“早上好，珍妮小姐，”他清清嗓子，仔细斟酌着说，“我听到了一些谣言。当然，这些谣言我本人是不信的，但你知道大伙儿都在七嘴八舌地传，我得来求证一下。”

“你继续说。”珍妮两手抱胸，一脸不屑地等着他往下说。

“呃……是这样的，大伙儿说小杜鲁去北方之前会给我们这个美丽的小县城搞一点儿活动。”

“什么活动？”

“唔，女士，这类活动嘛，就是……比如邀请黑人来参加你们的化装晚会，把他们打扮得看不出来是黑人，直到晚会结束。真要这样的话，会有麻烦的，到时候我再来提醒您就一切都晚了。”

珍妮听到杜鲁躲在远处偷偷笑，但她装着没听见，严厉地反问警长：“什么麻烦？怎么晚了？”

警长重新戴好帽子，尴尬地解释：“是这样的，这件事让三K党知道了，他们很生气，打算在你们开晚会的那天晚上举行集会，甚至还威胁你家的帮佣小家伙，让她这周末待在贫民窟里不准出来。”

珍妮实在听不下去了，向前跨上一步，逼近警长，瞪着他的脸对他说：“你和我一样清楚，三K党除了会惹麻烦，啥都不会干，因为他们确实也没啥可干。他们的人一直在减少，他们好一阵子都没啥借口举行抗议了，现在正好有个小男孩要搞告别会，当然不会错过这个机会了。他们简直是一群神经病！你去告诉他们，如果想要来威胁我或我的家人，就光明正大地自己来，不要派你这个狗腿子来！”

警长听得脸一阵红一阵白，他可从来没有被一个女人这么狠狠地教训过。

“算了，珍妮小姐。我会告诉他们不要来骚扰你们的晚会，可万一发生什么事，我可管——”

珍妮没等他说完，转身就走，边走边扔下一句话：“做好你的本职工作，警长先生，否则下次你参加竞选的时候，我连一票都不会投给你。”

大门砰的一声被甩上了。警长无奈地摇摇头，慢慢走回自己的巡逻车里。关上车门之前，他盯着树屋看了好久，直到女王从山茶花丛中跳出来，对着他大耍威风，神气地汪汪叫。他才发动引擎，把车开走了。

“前线战争结束了吗?”杜鲁问妮尔。

妮尔被珍妮的气势惊呆了，大发感慨：“哇，我从没见过珍妮小姐会发这么大的火，”又悄悄加了一句，“她一定很关心你。”

杜鲁点点头，他也从没见过珍妮这样发脾气，这都是为了他，他也很感动。

妮尔看着警车转过街角，经过波勒家门口，扬长而去。她看到了远处索尼家的房子。尽管是大白天，阳光明媚，那房子看上去还是黑乎乎、阴森森的。

自从一年前在法院见过索尼后，他们再没见过索尼，也没听到关于他的任何消息。好像他真的是个幽灵，从人们的记忆中彻底消失了。

“我在想……”她喃喃自语。

“想什么?”

“嗯，想索尼的事。”她终于说出来了。

听到索尼的名字，杜鲁一下子不吭声了，他对索尼身上发生的一切到现在仍有负疚感，觉得自己很对不起他。

“要不我们邀请他也来参加晚会怎么样?”她试着问他。

一听这话，杜鲁吃惊地差点呛着：“我觉得他爸爸肯定不会让他走出家门的，更不要说来参加晚会了。”

妮尔不以为然地耸耸肩，不好意思地提了一句："可能吧……要是我们也邀请他姐姐的话，说不定他爸就会让他来的。"其实萨莉·波勒是个讨人喜欢的正常姑娘，就是因为她弟弟索尼，别人才不敢亲近她的。

"哦……她倒是不错。她来我一点儿不介意，"杜鲁说，"但咱俩都明白如果让索尼在晚会上出现的话，别人都会被吓坏的。"

妮尔微微一笑，调皮地说："嘿，别忘了，咱们办的是万圣节化装舞会——"

杜鲁先吃了一惊，接着就咧嘴大笑，他恍然大悟："哦……原来是这样，我怎么没想到呢！这下我们的万圣节晚会真要来个鬼了。好主意，妮尔。"

"我可没说索尼是鬼，杜鲁。"

"好吧，不管他是不是鬼，邀请他来是件好事……"他摸着下巴，边想边答。

妮尔继续鼓动他："我觉得索尼整天被关在屋里，一定很孤独，有时候应该让他出来走走。一想到我们对他做的事，我就觉得更应该放他出来。"

杜鲁点点头："你说得对。我们这就邀请波勒姐弟来参加晚会。"为了庆祝本世纪最隆重的万圣节晚会，邀请他们来参加是晚会的荣幸。

万圣节之夜

终于到了万圣节这一天，今晚就要迎来他们日夜期盼的化装晚会了。苏克一整天都忙着为晚会的客人准备蜂蜜糖、小蛋糕和鸡尾酒。只有这样她才不会因为杜鲁的离开而一直伤心地哭。为了安慰她，让她不这么难过，杜鲁尽量抽出时间陪在她身边。他帮着她筛面粉，称分量，卷糖果，倒饮料，帮着把大铁锅的火烧得旺旺的，甚至品尝了她做的每一份蛋糕和糖果，确保它们达到她的要求。

苏克一边搅拌为大人们调制的鸡尾酒，一边嘱咐杜鲁："亲爱的杜鲁，千万别忘了你对我有多重要，要永远记住，最爱你的人就是我。"

杜鲁保证永远不会忘记。

巴德表哥遵守诺言，帮他们在后院搭了一个斜坡，孩子们可以骑着飞机三轮车从斜坡上冲下来。为了杜鲁，全家人都竭尽所能。珍妮花了很长时间帮黑人约翰·怀特在后院布置灯光。甚至连他的死对头凯莉都兴致勃勃地坐长途大巴到亚拉巴马州州府蒙哥马利去，取他们邮购的特殊物品：一批来自首都华盛顿的咬苹果游戏道具。

妮尔遗憾地告诉杜鲁，他们全家除了她以外，别人都来不了。她的姐姐们要去蒙哥马利参加女学生联谊会，她的爸爸得待在家里陪她妈妈，因为她妈妈还没有完全康复，不能参加这类大型活动。杜鲁说他能理解，还保证要给她的家人留份蛋糕。

杜鲁、妮尔和大小子一整天都忙着为晚会准备各种游戏道具。他们最喜欢的一个游戏是猜猜猜。他们事先准备好三个盒子，盒子的每一面都挖两个洞。玩游戏的人得把手伸进洞里去摸，然后猜里面的东西是什么。他们在一个盒子里放了一只爬得极慢的小绿乌龟，另一个盒子放了一堆压碎的香蕉和橘子，最后一个盒子放了用火鸡羽毛做的鸡毛掸子。其他的游戏也很有意思，比如看谁先用钉子钉住毛驴的尾巴。杜鲁觉得玩这个游戏最好用真的毛驴，巴德表哥答应把他的毛驴借给他们，但不许用真的钉子去钉它的尾巴。

妮尔和大小子把脸涂得脏兮兮的，披着又宽又大的旧衣服，活像两个流浪儿。杜鲁把自己打扮成一个中国清朝奸商，嘴巴上粘着长长的两撇胡子，脑袋后面拖着一条长辫子，巴德表哥的小马贡献了自己的鬃毛，编成了这条长辫子。苏克给小狗女王穿上她自己做的马戏团戏服，看到小狗穿着戏服的可爱模样，连她自己都忍不住哈哈大笑。

黄昏很快降临，四处飞舞的萤火虫给后院蒙上了一层梦幻般的色彩。虽然已经是十月底了，但天气却异常地暖和。客人们纷纷到来，杜鲁和珍妮站在大门口迎接他们。杜鲁双手抱拳，以自己想象的中国礼节，向客人拱手作揖。接着，他就查看客人名单，对他们的服饰由衷地赞美几句，并在写字板上给他们的服饰打分。巴内特先生扮成海盗出现在门口，杜鲁特别喜欢他这身打扮（他腿有残疾，一条腿本来就是木头做的，所以特别适合扮海盗）。比利·尤金和他的小伙伴们打扮成一群做苦工的囚犯，把杜鲁逗得哈哈大笑。县里的大人物全部到场了，这让珍妮也自豪得眉开眼笑。名单上有一百多个客人，看起来他们全都来了。

晚会上什么样的人、什么样的动物都有：有幽灵和魔鬼、有骑士和恶龙、有罪犯和牛仔，连尼姑都有（凯莉表姐扮的）。珍妮的名牌留声机连很多大人都没见过，大伙儿都聚在一起听留声机里放出来的唱片，听着当红歌星唱流行音乐。孩子们在后院尽情地疯跑，一会儿玩玩咬苹果游戏，一会儿伸手摸摸神秘的盒子，一会儿跟着小家伙拉的手风琴跳跳舞（她也扮成了一个幽灵）。黑人约翰·怀特自得其乐，他打扮成魔鬼，不停地从树丛后面跳出来吓小孩子，然后又

孩子们在后院尽情地疯跑，一会儿玩玩咬苹果游戏，一会儿伸手摸摸神秘的盒子，一会儿跟着小家伙拉的手风琴跳跳舞（她也扮成了一个幽灵）。

给吓坏的孩子们讲故事，安抚他们。埃迪森穿着火车售票员的制服，嘴巴里惟妙惟肖地发出火车开动的声音，陪着孩子们从一个游戏地点到另一个游戏地点。连坏小子比利·尤金都表现得很乖。妮尔和大小子轮流骑着杜鲁的飞机三轮车从斜坡上冲下来，玩了一次又一次，怎么都玩不腻，杜鲁开心地看着眼前的一切。

晚会举办得非常成功。在这个温暖的十月夜晚，杜鲁站在后院里，看着挤满整个院子的大人小孩，人人脸上都戴着面具，大家都玩得这么开心，连他自己对这个场面都惊叹不已。即使身上穿着奇装异服，脸上戴着面具，他仍能认出这里的每一个人。唯一没来的就是波勒姐弟俩。

晚会如此美妙，没人注意到有一列车队正在马路上开着，从各家门前经过，最后停在学校的操场里。穿着白袍的男人们从车里走出来，一个个把头罩戴好。这可不是化装舞会的戏服，而是三K党的标准打扮。火把被递到了每个人手里，很快点成了一圈，接着他们慢慢朝晚会的举办地点——杜鲁家走去。

这时参加晚会的人们全都在兴高采烈地玩着，享受着美好的夜晚，没人注意到这一切——直到一声恐怖的尖叫声划破夜空，传到了每个人的耳朵里。

不速之客

“救命啊!，救命啊！三K党抓走了索尼，要把他吊死!”大声尖叫的是索尼的姐姐萨莉，为了参加晚会，她把自己扮成了公主，现在这位公主已经顾不上端庄美丽的形象，正在声嘶力竭地又哭又喊。一到客厅，她就伤心地瘫倒在珍妮的怀里，哭着说：“我们穿着化装晚会的衣服，一路走过来，索尼走得有点慢，落在我后面，那群人看到了我们，以为索尼是黑人，正在背后偷偷跟踪我，他们就大声嚷嚷‘发现了一个黑鬼!’然后就冲过去抓他，我吓坏了，喊他快跟着我跑，跑到A. C.家门口的时候，他被绊倒了，那群人就在那儿把他抓住了!”

珍妮扶着这个可怜的女孩子，冷静地问周围的人：“警长在哪儿?”没有一个人敢回答她的问题。

这时候所有的大人都挤到门口或窗户前站着，愣愣地看着屋外的人群。大概有二十来个男人站在A. C.家门口，他们全都穿着白色长袍，戴着尖尖的白色头罩。“他们是不是为了参加化装晚会，故意打扮成这样的呀？”有人胆怯地问了一声。

小狗女王赶紧去给孩子们通风报信，它绕着后院跑了一圈，大声狂吠，表现得异常激动。直到这时，杜鲁、妮尔、大小子和其他孩子才发现出事了，一窝蜂跑到院子的石头墙边扒着往外看。从围墙的顶上可以看到外面的情况，他们发现在妮尔家门口的路上，有一群举着火把的男人正在低着头弯着腰踢一个东西。在杜鲁的眼里，这群男人就像一伙戴着傻帽子的幽灵，不会干别的，只会四处乱闯，到处惹祸。

“我得去告诉A. C.一声外面有情况。”妮尔担心地说。说完她就飞快地翻过围墙，翻到她自己家的院子里去了，男孩子们纷纷跟在她后面，也翻过围墙去她家了。“看来这又是一桩大案，侦探夏洛克，你又有事儿干啦。”大小子在杜鲁耳边嘀咕。

但杜鲁明白眼前发生的一切和破案无关：“小声点儿，大小子，哪怕是真的夏洛克，有时候也不能解决像这样乱七八糟的问题……”

他们偷偷溜进妮尔家的后门，“A. C.，你在哪儿？”妮尔悄悄把脑袋伸进卧室，轻轻地喊了一声，却发现卧室里没人，“他们到哪儿去了？”

“他们在这儿呢。”大小子轻声提醒。

妮尔和杜鲁这才看到她爸爸原来在客厅里，虽然没开灯，但外面的火把已经把整个客厅照得能看见人了。前门也大开着，她爸爸穿着睡衣睡裤，正站在门边，黑暗的人影清晰可见。

“A. C.，妈妈在哪儿？”妮尔问他。

“躲起来了。”他简短地回答，并举手示意，让她站着别动，自己却慢慢地踱出房门，走下台阶，向着那群白衣人悄悄走去，他尽量小心，不想惊动那群人。

“A. C.！”妮尔吃惊地低声喊。

她爸爸转头瞥了一眼，发现孩子们全都穿着奇装异服站在那里，就轻轻地嘱咐他们：“孩子们，现在不是做游戏的时候，你们都站着别动，让我来处理就好了。”

A. C.穿过前院，走到院门口的篱笆那里，周围一片寂静，只听到火把在噼噼啪啪地烧着，还有一个男孩在轻轻地哭着。

A. C.迈开大步走进这群白衣人中，他们都不吭声，只是不由自主地往边上退了退，让A. C.走到最里面。

妮尔眼睁睁地看着她爸爸走进那群白衣人中，又担心又着急，不愿意在原地站着等，便跟着他，也来到了马路上。杜鲁有点烦躁不安，他想起上次自己抛弃她偷偷溜走的事，立刻内疚起来，便嘱咐大小子："听着，大小子，乖乖待在这儿别动。没必要让咱们所有人都出去送命。"

说完他就往院子里快步走去，头顶上的那条清朝奸商的大辫子在他身后摆来摆去。他追上妮尔，紧紧拉住她的手，低声对她说："我也来了。"

她点点头，和他一起悄悄溜到A. C.身后。

有几个白衣男人瞪着这两个穿着奇装异服的孩子，他们也不知道该拿这两个孩子怎么办才好。杜鲁走进去的时候，有人故意推了他一把，让他绊了一跤，他抬头一看，眼前是个身材巨大的家伙，戴着头罩，狰狞地对他吼了一声："晚会办得不错，小矮子。"

即使他的脸被头罩遮着，杜鲁也能一下子认出来他就是恶霸博斯。

不过杜鲁的注意力很快就不在博斯身上了，因为一个穿着绿色长袍的男人走过来，直接拦在他们面前，他就是"巨龙"，这群人的首领。

"巨龙"双手抱胸，站在那里，一双眼睛从头罩深处发出凶光，狠狠地瞪着A. C.。在他身后的马路上，有一堆乱七八糟的盒子，全都涂成了银色。杜鲁注意到盒子在动，还看到离他们最近的一个盒子上凿了两个圆洞，哭声就是从两个圆洞里发出来的。

杜鲁和妮尔看见方块的纸板盒子被线穿起来做成了一件

很幼稚的机器人衣服。穿着这身纸板服的“机器人”正努力从地上爬起来，但因为盒子太大，他的胳膊和腿没法弯曲，站也站不起来。

“嘿，A. C.，这件事和你无关，”“巨龙”阴沉沉地说，“只要你不插手，我就保证你在咱们这地方继续受人尊重，怎么样？”

“请让开，汉德森先生。”A. C. 不屑跟他说话。

“巨龙”见A. C. 不受威胁，胆怯地往后退了一步，嘴里仍在念叨：“这是个黑鬼，那孩子邀请了好几个黑鬼来参加他的晚会。你真的愿意让这群黑鬼和你的孩子混在一起吗？”

杜鲁突然觉得自己邀请黑人参加晚会的做法有点过头了。与众不同是一回事，但挑战门罗维尔的社会秩序是另一回事。两件事不能相提并论。

“我很愿意。”妮尔突然向前跨了一步，拦在A. C. 面前对“巨龙”大声宣布。

杜鲁无比敬佩地叹了一口气，也向前跨一步。“我也愿意，”他紧紧握着妮尔的手，坚定地重复妮尔的回答，还补充了一句，“别忘了，这是属于我的晚会。”

“属于我们的晚会。”大小子也在他们身后开口声援。

小狗女王一直躲在大小子背后，这时也不失时机地冲着“巨龙”狂吠起来。

“巨龙”怒气冲冲地瞪着眼前的大人、孩子和狗，都不知道该说什么好了。

“你听到孩子们的回答了吧。”A. C.平静地说。

他和“巨龙”各自盯着对方，僵持了好一会儿，然后A. C.一言不发地绕过“巨龙”，走到“机器人“面前，伸出一只手，要扶他起来。“机器人”的一只胳膊从盒子里探出来，抓住了他的手，原来“机器人”把自己的手涂成了黑色。

“救救我!”“机器人”哭喊着。

A. C.抓住他的一只胳膊，妮尔和杜鲁立刻抓住另一只胳膊，大伙儿一起帮忙，终于扶着他站了起来。他头上的纸盒子被胶带和绳子绑了一圈又一圈，A. C.帮他一一解下来。

在大家的帮助下，他终于从所有的纸盒子里摆脱出来，站在他们眼前的是波勒·索尼，他的脸色像鬼一样惨白，脸上还挂着两行泪水。

真相大白

“我不想伤害任何人，”索尼哭着喊，“我就是想和别人一样，来参加晚会。”

听着他的哭诉，A. C.愤怒地瞪着眼前这群举着火把的男人，他们穿着长袍，戴着头罩，看上去令人毛骨悚然，但A. C.一点都不害怕，反而开始斥责他们：“看到了没有？你们都干了些什么？你们把这孩子吓得半死，就是因为你们让无知蒙蔽了眼睛。这是属于杜鲁的晚会，发生任何事情都和你们无关，你们都该为这事感到羞耻。”

参加晚会的大人们这时也纷纷从屋里出来，他们不约而同地在A. C.身后站成一排，无声地表达着对A. C.的坚定支持。他们都是县城里的大人物——法官、银行行长、锯木厂厂长、县政府委员、县长，当然还有珍妮。他们都气愤地瞪着这群白袍男人，在他们身后，三个黑人埃迪森，小家伙和约翰·怀特都默不作声地站着。

看到大家这么生气，这么团结，这群男人不情愿地拖着脚慢慢离开了，其中一个还咕哝了一声："搞什么呀，我还是回家的好。"

其他的白袍男人也开始相互嘀咕起来，他们一个个把火把扔到泥地里，用脚踩灭，转身离开，消失在黑暗中，只剩下"巨龙"和他的儿子博斯。最后连"巨龙"都受不了众人的目光，打算溜走，他双手一挥，咬牙切齿地嚷了一句"上帝会审判你的，A. C."，说完就拽着博斯，拉他走开。

"我时刻准备接受审判，汉德森先生。可你呢，你准备好了吗?"目送着他们狼狈的逃窜，A. C.大声地回应。

博斯被拽上他爸爸的汽车之前，咆哮了一声，虽然离得远，听不太清楚，但杜鲁仍能听出来他说的是"等着瞧，小矮子，看我怎么收拾你"。

最后一辆属于三K党人的汽车也开走了，知了又慢慢地开始歌唱。杜鲁转身对索尼说："如果你愿意的话，热烈欢迎你参加我的晚会。"他又接着夸："我觉得你的衣服棒极了，作为本次服饰评比大赛的裁判，我宣布你就是最佳服饰奖得主，恭喜恭喜!"

听到自己获奖，索尼开始平静下来，他擤着鼻涕，还伸出套着纸板的胳膊笨拙地擦眼泪，可惜够不着，反而把脸上擦得黑一条白一条的。

“别忙了，我来帮你吧。”妮尔边说边从自己的破口袋里掏出一块破布，给他擦眼泪，“我肯定你穿着这身衣服还是可以玩咬苹果游戏的，只不过你得把你的机器人脑袋抬得高一点儿……”

妮尔带着索尼往后院走，尽管他穿着一身纸板服，杜鲁还是注意到有东西在他的胸前闪闪发光，刚开始杜鲁以为那是纸板服上的纽扣，但在灯光下仔细看，他发现有两只红宝石眼睛也在瞪着他，原来那东西是一个绿色的蛇形胸针，上面嵌了两颗红宝石。

杜鲁赶紧用胳膊肘推推妮尔，指着那枚别在索尼胸前的浮雕胸针给她看。妮尔也看见了，却只微笑着摇摇头，不说话。

“嘿，索尼，”杜鲁实在忍不住了，开口问，“你胸前的那东西是什么？是个纽扣吗？”

“是条蛇。”索尼咧嘴笑着回答。

“你为什么这么喜欢蛇？”杜鲁又打听。

索尼一下子安静下来，呆呆地望着远方，过了好一会儿才开口：“那是因为……我八岁的时候……养过一条宠物蛇，我非常非常喜欢它，可它却死了。”

妮尔同情地拉着他的手，安慰他：“我以前也养过一只小兔子，却被老鹰叼走了，我伤心了整整一个月呢。”

杜鲁转身对索尼说：“如果你愿意的话，热烈欢迎你参加我的晚会。”他又接着夸：“我觉得你的衣服棒极了，作为本次服饰评比大赛的裁判，我宣布你就是最佳服饰奖得主，恭喜恭喜！”

索尼感激地点点头，继续说：“我得把我的蛇埋到地里去，因为那是它们生活的地方，但我向自己发誓，绝对不会忘了它，它是一条很好的蛇。”

说到这里，索尼的神情看起来和平时完全不一样了。除了一身乱糟糟的纸板衣服使他看上去有点怪以外，他几乎变成了一个正常的少年。这时他姐姐走过来，带着他进屋和别人打招呼去了。珍妮给他们拿来饼干和果汁，还向别人抱怨警长的失职。夜已经很深了，来参加晚会的人都玩得很尽兴，他们开始一一向她告别，准备回家。

客厅里突然响起了钢琴声。妮尔一听就是她妈妈弹的，她也来参加晚会了。杜鲁从没见过她妈妈，她身材丰满，但行动灵活，而且钢琴弹得棒极了！A. C.循着琴声走进屋里，发现是自己的妻子在弹琴，便微笑着坐在她身边，听她弹琴。虽然刚才受到了惊吓，妮尔的妈妈现在神情正常，还高兴地为妮尔弹了一曲《我俩的茶》。

这首歌曲妮尔太熟悉了，她能把所有的歌词都哼出来。

再　会

夜色更深了，妮尔和杜鲁看着大小子和索尼比赛咬苹果，玩得正起劲。“嘿，看来你的愿望实现了，杜鲁。”她喃喃地说。

“为什么这么说?”杜鲁摸摸趴在膝盖上的女王，问她。

“因为你已经成功举办了一个谁都难以忘记的晚会。”

他微笑着用胳膊肘顶顶她的肩膀，提醒她：“不是我，是我们。”

妮尔也微笑着回答：“没错，是我们。”

他们抬头望着漆黑疏朗的夜空，闪闪发亮的星星，琴声仍不断飘来，小家伙和苏克在走廊上跳着吉格舞。黑人约翰·怀特和巴德表哥在靠着大树吃蛋糕。小狗女王睡得像个小宝宝。

“你爸爸真了不起，”杜鲁敬佩地说，“你看到他瞪着“巨龙”的眼神了吗？我觉得他俩以前肯定打过交道。”

“哦，我们的打字机该怎么办？”妮尔好像没听到他的话，她在想着另外一件事，“你马上要走了，打字机留给谁呀？”

被她一提醒，杜鲁也沉思了一会儿，然后提议：“你来保管吧。下次我回来的时候希望能看到你写的故事。再说了，我的新爸爸答应给我也买一台打字机。”

妮尔点点头：“好的，可要是我写出一个故事来，你就得写两个。”

“没问题。”

他瞥了一眼停在他们身边的飞机三轮车，沉默了一会儿，严肃地下决定：“总有一天……我会带你离开这里的，妮尔，就我们俩。”

“当然，”她说，“我们会走得远远的，可能会到白云里去，在天上一圈圈地飞着，看着这儿地面上的每一个人。”

他听得哈哈大笑，双手摸着飞机三轮车的绿翅膀，开心地提议：“在我走之前，我们要不要再开一次三轮车，好好飞一下？”

妮尔上前一步，走到飞机旁边，爽快地回答：“好啊。但你的飞机要把咱们带到哪儿去呢？”

杜鲁弯下腰，钻进驾驶舱，踩踩脚踏板，试了试：“我不知道，如果你使劲推我，还能及时跳上来的话，我敢保证我们会有足够的速度飞到，嗯，摩洛哥!”

“你真的这么想?”

他耸耸肩，轻松地回答：“如果不试试，怎么知道能不能到呢?”说着，他就从夹克衫口袋里掏出护目镜和防风帽，戴到头上。

杜鲁伸出手指来感受外面的风，妮尔在他身后平衡好自己的位置，对着他喊了一声：“我会想你的，杜鲁·史崔克。”

他晃晃脑袋，更大声地回应：“我会更想你的，妮尔·哈珀!”

伴随着他俩的喊声，妮尔使出全身的力气推了飞机三轮车一把，同时飞快地跳了上去，两人一起向前方冲去。

伴随着他俩的喊声，妮尔使出全身的力气推了飞机三轮车一把，同时飞快地跳了上去，两人一起向前方冲去。

其他故事

杜鲁门·卡波特喜欢写短篇故事，他的很多书都是由几个短篇小说构成一个中篇或长篇小说。本着这种精神，以下的一些小故事，它们都来源于他和妮尔的童年经历。遗憾的是他们小时候写的那些故事全都没有保存下来。据说杜鲁门的妈妈莉莉梅有次大发脾气，一怒之下把他写的所有故事都烧掉了。

我想写我自己的生活，写一个住在美国南部的男孩子，他的生活经历；写珍妮表姐、苏克表姐和巴德表哥，写我们几个在那所大房子里的生活；写和爸爸一起在游轮上的工作；写我在爵士乐大师阿姆斯特朗的伴奏下跳踢踏舞；写关于童年生活的一切。

——杜鲁门·卡波特

杜鲁丢失飞机案

杜鲁很为他的福特牌飞机三轮车感到骄傲。他会蹬着那架酷酷的飞机，在院子里闲逛好几个小时。我和大小子会不停地来烦他，求他让我们也骑一会儿。他总是坐在上面摇头拒绝。如果我给他一颗糖的话，他会让我上去坐十秒钟，还没开始骑就会听到他在喊："时间到啦，妮尔！"

他总是向我们夸口他的飞机三轮车真的会飞："是真的，巴德开车带我去北山，我们拉着飞机爬到最高的山顶上，我先坐在飞机里，他负责把飞机往山底下推，只要他使劲一推，飞机就飞快地往下冲，快到山底的时候，它就真的开始飞起来了。"

大小子每次都相信他的话，还天真地问他："你能飞多远，杜鲁？"

“我能飞得很高，能看到整个县城就在我的脚底下。我绕着法院的钟楼飞过几次，有时候还飞得很低，去吓方斯沃斯先生的奶牛，每次我都会飞回这里着陆。”

“我不信，你得提供证据，”我说，“我们一起去问巴德，看他怎么说。”

“哦，巴德在睡觉呢，别去打扰他。你知道的，他一犯哮喘病，就得多休息。”

“飞在天上是啥感觉呀，杜鲁？我能和你一起飞吗？”大小子满怀期待地问。

杜鲁把一只胳膊搭在他的肩上，安慰他：“迟早有一天会带你一起飞的。不过我先得告诉你，在天上飞是很可怕的，我可不想吓到你，也不想让你受伤。”

“嘿，那我呢？”我赶紧问，“我可啥都不怕。”

杜鲁冲我挤挤眼，得意地回答：“你等着吧，耐心等待会有好结果的。”

可是我和大小子实在等不下去了。这一天，杜鲁去新奥尔良了，那是他最后一次去那儿看他的父母，我们决定趁他不在，赶紧试一下他的飞机。他把它藏在他和苏克的卧室里，而我俩都知道苏克吃完午饭后有午睡的习惯。

下午等帮佣小家伙一走，我们就偷偷地溜进他家的后门，来到他们的卧室门口，从卧室的门缝里偷看，我们看见苏克正在房间里吃药。我知道她一吃完这药，没过几分钟肯定会睡着。

我和大小子耐心地等了一会儿，估摸着她已经睡着了，就踮着脚尖溜进卧室，我们尽量不发出任何声响，鬼鬼祟祟地像小老鼠一样。终于看到飞机三轮车啦，它夹在两张床之间，被擦得闪闪发亮，可这时小狗女王却突然冒了出来，还挡在三轮车前面，目不转睛地盯着我们。

我和大小子相互看了一眼，我俩都明白，只要小狗一叫，我们的计划就泡汤了。我赶紧从卧室里退出来，溜到厨房，四处看看，想找点吃的，突然在墙角看到一碗绿甘蓝。“就靠它啦。”我嘀咕了一声。

我把这碗蔬菜放在地上，使劲对女王招手，示意它过来吃。小狗歪着脑袋，轻快地跑过来，先闻了一下碗里的菜，接着就开始大口嚼起来。

“嘿嘿，有戏唱啦，”大小子在我耳边悄悄说，“狗一吃东西，就顾不上我们了。”

趁小狗在忙着嚼菜，我俩又偷偷溜回卧室，把飞机三轮车拉出来的时候，地板嘎吱嘎吱响个不停，我俩吓了一大跳，赶紧回头看苏克，还好她睡得正香，只是转了个身，根本没醒。

我俩费了九牛二虎之力，足足花了十多分钟，总算把飞机从房间里拖出来，经过走廊，拉到门外。我觉得女王肯定会冲我俩汪汪叫，但它却一声不吭，只是蹲在那里看着我们，脸上有一种奇怪的表情，可能刚才的甘蓝菜不适合小狗吃。

我们把飞机三轮车一拖出杜鲁家门口，就开心得哈哈大笑起来，我俩兴奋得上蹿下跳，尽情地骑着它，逛遍了我们能逛的所有马路和小山坡。两个小时以后，我们已经累得精疲力竭了。

“现在我们该怎么办?”我问大小子。

大小子两眼放光，激动地提议：“我们带它去飞!”

我心里明白，这架飞机是永远都不可能飞到天上的，就劝他：“我们离北山太远了，咱们这儿没有高坡，能让它有足够的速度飞起来。”

大小子直愣愣地盯着头顶的天空看，亚拉巴马州的天空湛蓝湛蓝的，清澈明亮。很显然，大小子还不死心，还在琢磨飞机的事儿。他突然指着珍妮家高高的谷仓说：“如果咱们能把飞机拉到谷仓顶上，我敢打赌我们肯定能从那儿飞起来。”

我还没来得及开口抗议，他就已经冲到谷仓里去了，很快就从里面搬出一把梯子。我们把梯子竖在谷仓的一面墙上，他拉我推，费了好大劲才把飞机三轮车拽上了屋顶。站在高高的谷仓顶上，看着底下邻居的猪舍，就搭在谷仓边上，它显得那么渺小，我不安地问大小子：“你确定要这么干吗?”

“相信我，只要我能飞起来，下一个就让你飞！”说着，他钻到机舱里，找到了杜鲁的护目镜，给自己戴上，神气地指挥我：“妮尔，听好了，我要你使出全身力气推我一下。”

“你不会掉到猪舍里去吧，那些猪怎么办？”我朝下指指。

“什么，它们？我当然会直接飞过这些猪，把飞机停在对面远处的草场上。”

“好吧，随你怎么说……”我不以为然地耸耸肩，抓住飞机的尾巴，问他，“你准备好了吗？我要推了。”

他赶紧在里面坐好，还一本正经地调整了一下护目镜，就像真的飞行员一样：“完全准备好啦。”

我便使出全身力气，拼命地推了一把飞机三轮车，边推还边嚷：“飞起来，飞起来，飞起来！”我真心希望他能飞起来。

大小子和这架飞机三轮车快速地滑到谷仓屋顶的边缘，接下来一秒钟，他真的飞起来了。“哈哈！”他兴奋地大喊。

接着，飞机就一头朝下，直接栽了下去，“砰”的一声砸到猪舍的泥巴地上。大小子一下子从飞机里被抛出来，甩到猪群里，猪粪和猪尿满天飞，溅得到处都是。

“哦，我的天哪！大小子！你还好吗？”

他脸朝下栽进泥地里，连头都抬不起来，只呻吟了一声：“哎哟。”

这时猪舍里所有的猪都愤怒地尖叫起来。很显然，它们对这意外的入侵感到极其不满。我和猪打过交道，经验告诉我，一旦惹恼它们，它们就会咬人，这可不是闹着玩的。我从没见过它们这么生气，它们先是一哄而上，使劲地用蹄子踢用嘴巴咬那架飞机。接着，一只肥猪发现了趴在地上的大小子。

“大小子！快离开那儿！那些猪会活活吃了你的！“

可他还是趴在那儿一动不动，我急得头昏脑涨，接下来我能记得的就是我自己从屋顶上勇敢地一跳，直接掉进了猪舍里！我撕心裂肺的尖叫声引得所有的猪都叫得更响。

为了救大小子，我在满是猪粪猪尿的泥地中朝他慢慢爬去，惊恐地问他：“你还活着吗？”

他慢慢抬起脑袋，护目镜上糊满污泥，什么都看不清，只能低声呻吟：“我还是一整个儿的，胳膊和腿应该没摔断，但胳膊这儿感觉有点像针刺一样地疼。”

这时我们听到了一阵阵猪的咕噜声，声音很响，我抬头一看，发现所有的猪都愤怒地瞪着我们，毛发竖起，咕噜作响，一副要攻击我们的样子：“快点！我们得赶紧出去！”

“飞机怎么办？”他着急地问。

我俩一个人抓飞机的头，另一个抓飞机的尾巴，使劲把它抬起来，扔到了猪舍的篱笆外面，眼看这群猪朝我们冲来，千钧一发之际我们敏捷地翻过篱笆，摔在外面的草地上。大小子居然还能咧嘴哈哈大笑。

“你的头发，妮尔！真像一块泥巴饼！”

我摸摸脑袋，抓下来一团黏糊糊臭烘烘的东西，“哎呀，太恶心了，不要跟我说话，大小子。”说着，我就把这团东西朝他扔去。

我们边打边笑，闹了好一会儿才去查看杜鲁的飞机。它糊满泥巴，支离破碎，已经全毁了，再也不可能飞了，连骑都没法骑，“咱们该怎么跟杜鲁交代？”

“我们把它洗干净，再偷偷放回去不就行啦。”

于是我们把这辆一塌糊涂的飞机三轮车推回谷仓里，仔细清洗。飞机的螺旋桨掉了，两只翅膀歪得乱七八糟。“哦，大小子……杜鲁会为这个恨我们的。”我低声抱怨，十分沮丧。

这时一辆又破又旧、长满铁锈的小卡车突然转弯，直冲杜鲁家门口开过来。大小子看着它擦过人行道上的垃圾桶，把它撞得在路边滴溜直转：“我知道我们该怎么办了，咱们可以对他讲一半真话，一半假话。”

“什么意思？”

他耸耸肩，解释道：“我们可以告诉他，没经过他的同意，我们就把他的飞机三轮车悄悄拿出来骑了。吃午饭的时候，我们把车停在人行道上，可没想到我叔叔霍华德却开着卡车把它撞了个稀巴烂。”

我怀疑地问：“这么说能行吗？我也不知道……再说你叔叔为啥要开车撞它？”

“因为他喜欢喝酒。喝完酒他就会在附近乱开车。我们只要告诉杜鲁他把车开上了人行道，飞机被他撞得不成个样子。霍华德叔叔那边没问题，他喝完酒什么都记不起来。”

我摇头表示不同意：“我不喜欢这样撒谎，但我们也没别的法子了。万一杜鲁知道真相的话，会和我们绝交的。”

还没等杜鲁回来，大小子就受到了报应。那天晚上他的胳膊肿得像妖魔的胳膊一样粗，到了第二天早上就肿得像个气球了。从屋顶上摔下来时他的胳膊就骨折了，只能被绑上石膏，吊上绷带。

杜鲁回来后的几天，我，大小子，包括大小子的断胳膊都不敢让杜鲁看见。躲了几天后，我们终于鼓足勇气去他家找他，跟他摊牌。刚到他家门口，我就看到那架飞机被扔到垃圾桶里，和别的垃圾混在一起。他走到门口来迎接我们。

“杜鲁，对不起，我们不该把它骑出去，让它撞成这样。”大小子内疚地道歉。

“是的，我也对你说声对不起，杜鲁，”我赶紧跟上，“真的，我也很难过。”

这时杜鲁才注意到大小子的胳膊绑着石膏，便问他：“你的胳膊怎么了?”

“呃，我从谷仓顶上摔下来，胳膊骨折了。”虽然大小子没跟他说出全部实情，但他向来爱干傻事，所以杜鲁倒也没有怀疑，也没有往下追问。因为飞机的事，他伤心极了，顾不上别的。

“我真的很喜欢那架飞机，它是我收到的最好的礼物，任何别的礼物都比不上它，”他边说边看着那堆垃圾，伤心得快掉眼泪了，“我猜以后再也不会发生奇迹了。”

“你说什么，杜鲁？”我听不懂他的话。

“是这样的，那个幸运的飞行员林白第一次挑战飞越大西洋的时候，所有人都不相信他能成功，除了我和我爸爸以外。我们一直守在收音机旁边，收听关于他的飞行报道，还不停地为他祈祷，祈求他能成功。每次听到关于他的最新报道，我和爸爸都会打着响指，兴奋地跳圆圈舞。果然不出我们所料，他真的成功了。但现在，我却有点怀疑了，他真的成功了吗？他的飞机就那么结实吗？所有的东西都那么容易被毁坏。”

看着他一脸忧伤的样子，我又惭愧又内疚，拉着他的手说：“如果……我是说如果，能把你的飞机修好呢？”

大小子摇摇头，示意我不要再说下去，我不理他，继续鼓励杜鲁：“巴德的手很巧，很会用工具修东西，我相信只要他和黑人约翰一起干，肯定能把你的飞机修得跟新的一样！”

一听这话，杜鲁的脸色开始由阴转晴，嘴角也绽出一丝笑意："你真的这么想吗？"他问我。

大小子在一旁不停地翻着白眼，制止我："妮尔，不要瞎说！"

杜鲁瞪了他一眼："她怎么瞎说了，大小子？"

这下轮到大小子说不出话了，他支支吾吾了半天，总算认可了我的提议："因为……好吧，不管了，由我来修飞机，不过妮尔得来帮我！"

我赶紧点头同意："这还用得着说吗，大小子。我们会把这架飞机修好，让它再飞起来，你等着瞧吧。"

杜鲁开心地搂着我们，感激地说："要真能那样的话，我会高兴死的。"

后来我和大小子就去找巴德和黑人约翰，跟他俩商量修杜鲁的飞机，他们看了一眼破飞机，就摇头说："修是修不好的，你们还不如去买一辆新的，把它稍微敲坏一点儿，再拿去给他，就说是你俩修的。"

"可我们哪有钱买新的呀？"我犯愁了。

巴德想了一会儿，开口说："我给你们钱，但你俩得为我干活，还我这笔钱。"

"干什么活呢？"大小子一脸纳闷。

巴德想了想，笑着回答："我有二十亩的棉花，马上就要丰收了，本来还想着要去贫民窟请几个人来帮忙砍秆子摘棉花，再把棉花运到轧棉机里去，现在用不着啦，我有了更好的主意……”

一个月以后，杜鲁的“旧”飞机被修得完好如初，而我和大小子却腰酸背疼，十个手指全是割破的伤口。这也是最后一次我们向杜鲁“借“东西。

苏克的秘密配方

当我第一次看到我的表姐苏克时，她已经在过隐居生活了。“杜鲁，我再也不会离开这座房子！”她总是这么对我说。她说到做到，基本上从来不出门，不去教堂，也不去理发，甚至不去买她最喜欢的烟草。是的，她确实是个不折不扣的隐士。

到了礼拜天，所有人都去教堂做礼拜，只有她待在家里自己祷告。如果她需要买什么东西的话，会让我或者小家伙去帮她买。她需要剪头发的时候，理发师会上门为她服务。

除了我、妮尔和小家伙以外，她见到任何人都会害羞，脸总会涨得通红。她年纪很大，一头稀疏的银灰色头发，两只大眼睛坦诚地望着我，流露出对我的无限喜爱。珍妮、凯莉和巴德对她就像对家里的女仆一样。她得打扫整座房子，每天从鸡舍里取鸡蛋，在后院里种全家人吃的豆子和蔬菜，和小家伙一起在厨房里干活。她干这么多活，却经常被家里人骂得抬不起头，因为她总是纵容我做一些别的大人认为我不该做的事，比如和她一起偷偷喝咖啡，逃课在家听收音机里的广播剧，或者和她坐在一起，无所事事，听她大声地读漫画书。为了陪我，她有时候家务活都没工夫干。珍妮表姐很是不满，对她最凶，经常会把她骂哭，因为珍妮总是说苏克再这样和我混下去的话，我肯定长不大，会成为一个侏儒。但在我眼里，她除了年纪大点儿，有点儿迷信以外，简直就是童话里灰姑娘的化身，她很善良，很可爱。

苏克迷信是因为小时候发过一次高烧，差点儿要了她的命。从那以后，一到夜里她就害怕，因为她觉得睡觉的时候，致命的疟疾病菌会通过窗户飘进我们的房间。因此，即使是最热的夏天，哪怕热得让人受不了，哪怕我们的房间像个大火炉，她都会把门窗紧紧地关好。

虽然苏克干家务活挣不到一分钱，但她有一项别人没有的本事，她就靠这本事给自己挣钱。很多年纪大的人会得风湿病，而且还会水肿，她有一个秘密配方，能根据秘方配出治疗水肿的药。内战前，她妈妈从一些四处游荡的吉卜赛人那里学到了这个秘密配方，然后传给了她。她的药非常受欢迎，每年的春天，为了配药，她都要大干一场，而我是她唯一的帮手。

虽然苏克从不出门，但为了配药，她还是会破例出去，走到我们屋后的树林里，寻找配方上要求的各类药草。我们会割些酸枝木的根，会从内战时遗留下来的子弹壳上刮些铁屑（这儿附近曾经是个战场，地上有很多遗留的子弹壳），还会收集其他各种各样五花八门的药草。但她的配方里还有两种东西，她没有告诉任何人，包括我在内。她把那两种神秘的东西锁在一个旧箱子里，还把钥匙藏得谁都找不着。

只要我们找齐了配方里的其他东西，她就让我闭上眼睛，开箱把神秘的东西拿出来，并把它们全倒进一口古老的黑色大锅里，接下来几天大锅就不停地熬药，而我们就不停地往锅里加其他各类东西，直到锅里深色的黏糊糊的液体变成浓厚的药膏，药就做好了，然后我们把整锅药膏通过滤网倒进一个个瓶子里。烧火和搅拌药膏是我的活。

“这药味道很浓，能把身体里的病菌熏跑。如果你再也不能忍受它的气味，就说明它已经熬好了。”她告诉我做好这服药的标准。

熬药发出来的可怕气味甚至会飘到县中心广场上去。那几天巴德和凯莉都快被熏得发疯了，但珍妮倒挺理解苏克，还会劝他俩忍着，说：“这是她唯一的赚钱机会，不能断了她的财路。”

黑黑的像糖浆一样的药膏在整个县城都很出名。那几天人们不管白天黑夜都会上门来买她的独家药膏。她总是来者不拒，不管顾客是黑人还是白人，全部都卖。

“病痛和肤色无关。”她总是这么说。

只要她的病人一站在门口（黑人得从后院进来买），苏克就会变成一个睿智的老医生。他们会给她展示身上肿胀的关节，会向她抱怨各种疼痛，而她通常不会用手去碰那些病痛的地方，只会在脑子里不停地思考。接着，她就会在他们面前离开，转身回房间，回来的时候手里捧着瓶子，里面装着她的独家药膏，只要病人每天吃一勺，就保证有效。这药一美元一瓶。

她的药很灵验，消息一传十，十传百，很快，药就会卖光。经常由我来数赚到的钱，我们会用这些钱来买做水果蛋糕要用的材料。这种蛋糕只有苏克会做，她会把它作为圣诞礼物分给那些应得到的人，比如县里的穷人，或总统罗斯福。当他在总统选举中赢了那个恶棍胡佛时，苏克特意为他做了蛋糕。

可总有人来窥探她的秘方，她变得有点偏执，总是臆想所有的人包括珍妮在内，都是小偷，会来偷她的独家秘方。这也是她不愿意出门的原因之一，不出门的话就可以确保秘方不被别人偷走。

我承认，在我爸妈离婚之后，尽管我妈一点儿都不担心我，可我很担心她。她在纽约的选美事业并没有预想的那么顺利，我整天琢磨怎么才能挣到足够的钱，这样她就再也不用为了钱和某个傻老头结婚，可以一心一意地照顾我。为此，我和苏克想了很多挣钱的点子，但这些点子都像我爸的那些发财计划一样不靠谱。直到有一天，苏克陪着我，妮尔和大小子坐在门口的门廊上玩游戏，她突然站起身来，一脸惊喜地喊：

“有办法啦，杜鲁。我知道怎么让你挣到足够的钱，你妈妈莉莉梅再也不用为了钱结婚啦。”

她拉着我的手快步走开，来到我们的秘密总部下面，妮尔和大小子只能站在门廊上乱猜，猜她到底会告诉我什么，能让我一夜暴富。我们一走到他俩听不见的地方，她就凑过来，说了一句话，这句话犹如天籁之音，让我听得飘飘然，觉得世界一下子变得无比美好。她说：“我要告诉你我的独家秘方，凭你的聪明才智，肯定能把它变成亚拉巴马州最挣钱的药！”

我简直不敢相信自己的耳朵，她接着又抱怨自己年纪越来越大，干不动配药的活了，再说她讨厌珍妮总是追着她要配方，因为她想把帽子店关掉，专门配药卖。她宁愿把配方给我也不愿意给珍妮，她真心希望我和妈妈能得到幸福。

亲爱的读者们，看到这里你们肯定希望我告诉你秘密配方到底是什么，可我不能说。因为我已经发誓要终生保守这个秘密了。哪怕妮尔和大小子不停打探（他们也确实这么做了），我也闭起嘴巴，坚决不说。

“苏克告诉你秘方了，对吧？”我一回来大小子就问我。

我瞟了苏克一眼，她正朝卧室走去，她的午觉时间到了。大小子的声音这么大，她当然听到了，可她一声不吭，可见她是多么信任我呀。我微笑着回答：“我能告诉你们的就是，只要我一发财，肯定先雇你俩帮我干活！”

听到这个回答，他们不约而同地哼了一声，一副不置可否的样子。

不幸的事情发生了，我还没来得及接管苏克的生意，药就彻底不能卖了。为了拿到神药的配方，珍妮想偷偷去申请专利，这事儿不知怎么走漏了风声，被其他几个本地医生知道了，他们怕珍妮会抢他们的生意，就联合起来向卫生检察署告密，卫生检查员就到家里查封了苏克的制药工具，让她彻底关门歇业。

阿库勒斯·波森斯是个大骗子

杜鲁从来没说过这话，但他爸爸就是个不折不扣的大骗子。我的意思是，他爸爸好的时候是很好的人，坏的时候简直就是大坏蛋。他总是满脑子坏主意，只要他对我说“妮尔，我需要你帮我一个忙”，我就马上警惕起来，因为我从来都不信任他。他整天东游西荡，天知道他在忙些什么，可怜的杜鲁总是被他抛在一旁，得不到任何关爱和陪伴。

每次阿库勒斯开车来时，总能引起一阵不小的轰动。有时候他像个土豪，带着司机，开着豪车大摇大摆地来，路上一个劲地按喇叭急刹车，把孩子们吓得够呛。有时候他像个贼，偷偷溜进后院。每次看到他爸爸，杜鲁一开始总是非常高兴，但后来总会伤心失望，因为他爸爸从来不是为了看他而来的。

有一点我必须得承认，阿库勒斯为人很有趣，一点儿也不沉闷。他总会想出一些傻念头和疯主意，想让自己一夜暴富，但每次都以失败告终。有一天下午，正下着雨，我，杜鲁还有大小子一起坐在摇椅上，在杜鲁家的门廊上玩。这时一辆巨大的黑色帕卡德汽车从马路上飞快地冲过来，轰的一声停在我们面前。汽车门打开了，一个“巨人”艰难地从驾驶座上挤出来，他是我们见过的最高大的男人，看上去简直就是大力神海格力斯再世，只不过他是个黑人大力神。他帮阿库勒斯打着伞，陪他走到门廊上。

“早上好，孩子们!”阿库勒斯碰了碰自己的巴拿马草帽，装作很绅士的样子跟我们打招呼，并没有特意关注杜鲁，“来，我要让你们都来认识一下萨姆，他会成为下一个世界拳击冠军!”

萨姆个子巨大，脑袋光秃秃的，那时候在我们门罗维尔县没人是光头，看着他，我们能感到很新奇。他有一双石头一样坚硬的手，还有一对蒲扇一样大的耳朵，和大象的耳朵一模一样，浑身上下长满了肌肉，但我得承认，他长得还是挺帅的。

“早上好!”他用意大利语冲我们打招呼，但口音非常怪。

“萨姆的老家在西西里岛，”阿库勒斯说，“他以前在莫比尔县的社区大学里教体育，你们信吗？我就是在那儿遇见他的。我没见过比他更适合打拳击的人了，他是天生的拳击手，再加上我这么棒的经纪人，这回我们肯定能发大财。”

我知道他对拳击一窍不通，但吹牛吹得头头是道，还问杜鲁：“杜鲁，我想你也许可以做我的助手，对吗?”

杜鲁的眼睛一下子兴奋地发光，“我行吗?”他不敢相信地问。

“当然行啦，儿子。大小子和妮尔也可以来帮忙。为了成功，我们要打造一个真正的团队，在萨姆背后支持他。现在你们就行动起来吧，帮忙把车上的东西搬下来。”

“珍妮知道你要来吗?”我问他。

他假装没听见我的话，忙着指挥：“杜鲁，这儿由你来负责。看到这些健身器材了吗？把它们统统搬到客厅里去，我们要把客厅重新布置一下，变成健身房!”

杜鲁冲我得意地吐吐舌头：“听到没有？这儿由我负责。”

“我觉得珍妮小姐不会同意把她的客厅变成健身房的。”我警告他。

“别说了，妮尔。难道你没看出来我爸爸要干大事吗?”杜鲁反驳我，“我觉得萨姆能打败所有人，哪怕是拳王杰克·登普西亲自来，也不一定是他的对手。幸亏他看上去像个好人，不然我会怕他的。”可怜的杜鲁总是相信他爸说的话，哪怕他爸说得不对，他也愿意相信。

趁珍妮下班之前，我们把她那些精美的家具和地毯全收起来，放到一边，然后用一整套的健身器材，比如哑铃、拉力器等塞满了整个客厅。小家伙很不高兴，躲在厨房里不肯出来帮忙。珍妮终于下班回家了，一看到这副情景，又吃惊又生气，把阿库勒斯狠狠地骂了一顿。但不知怎的，看着萨姆在客厅里做各种健身训练，展示自己的肌肉，并用迷人的嗓音和她说着带有意大利口音的英语，她就心软了。阿库勒斯还向她保证，只要挣了钱，就会分她一份，她也就不多说什么了。

说服了珍妮以后，阿库勒斯说他马上要走，为了能在门罗维尔县举办大型拳击比赛，他得去和另一个比赛发起人协商。他对我们吹得天花乱坠："我们要在县中心广场上举办比赛。为了看萨姆击败挑战者，人们得花一美元入场费。还有，他们还会下注，赌谁赢谁输，这笔钱也统统归我们。等着瞧吧，萨姆就是咱们家的聚宝盆，会给我们挣很多很多的钱。"

"那你能付我们多少工资？"大小子问阿库勒斯。

听到这话，杜鲁不满地白了大小子一眼，但他爸爸却一点都不介意，还大笑着说："我就喜欢你，大小子，你总能问到点子上。唔，如果我不在的时候你能替我打理一切……我可以一天给你两毛五。"

"每人两毛五吗？"我赶紧问。

他微笑着回答："每人两毛五，但这钱可不是好挣的哦。"

"别担心，爸爸。我们不会让你失望的，对吧？"杜鲁瞪着我俩，不许我俩再漫天要价。

接下来每天早上六点左右，爱睡懒觉的杜鲁居然能起来来敲我的窗户，喊我起床。很快，萨姆就开始晨跑了，杜鲁和他爸坐着那辆名牌汽车跟在他身边，而我和大小子一人骑一辆自行车跟着他们。阿库勒斯负责开车，杜鲁负责开汽车窗户，时不时地给萨姆递水喝。只要萨姆跑累了速度慢下来，阿库勒斯就会马上按汽车喇叭，并对他大声喊："不许偷懒！你还想不想当世界冠军了？"

阿库勒斯不会一直跟着萨姆，他常常会把车子停在县政府广场上歇着。而萨姆可没法歇，还得绕着广场一圈圈跑。他引起了很多人的注意，大伙儿都回头看他，这时阿库勒斯就会站在广场上的长凳上，手里拿着高音喇叭，声嘶力竭地喊："过来看哪，看全世界最伟大的拳击手！本周六欢迎大家来看比赛，近距离观赏这位传奇拳王的精彩表演，趁他现在还没有大红大紫，大伙儿赶紧来看呀，要不然想看都看不到啦！"

阿库勒斯天生就擅长舞台表演，而萨姆又很卖力地配合他，本来这桩生意肯定能挣钱，但没想到一个黑人常常穿着短裤，光着膀子在县政府广场跑步居然成了本地的一桩丑闻。门罗维尔很多信教的妇女从没见过男人露出大腿，更不要说光着膀子了，她们觉得简直不能容忍。到了第二天，教堂就开始发动请愿，联合所有信教的人，要求取消拳击比赛。到了第三天，所有信教的妇女就到杜鲁家门口抗议示威了。

事情突然变成这样，珍妮当然也很头疼。她说服了嗓音迷人的萨姆，说杜鲁的爸爸向来不守诺言，让他不要跟阿库勒斯混在一起，还答应给他买长途车票让他回去上班。结果到了第二天，萨姆就溜得不见踪影，阿库勒斯的发财梦彻底破碎了。

但阿库勒斯已经向很多人收了一笔可观的比赛入场费，为了不让那些人找他退钱，他只能悄悄溜出门罗维尔，远走高飞。只有可怜的杜鲁被留在这儿，又伤心又失望，因为他真心希望萨姆能为他爸爸带来财富和荣誉。

阿库勒斯的下一个发财计划更离奇，他要在门罗维尔表演大变活人。这次他带来的是一个名叫哈杰德的家伙，据说他有特异功能，能够起死回生。当然，我是不信的，除非亲眼看见。

魔鬼鱼和双头鸡

有一天我和大小子在河边散步。“杜鲁，快看！”大小子突然指着一群渔夫喊。今天他们已经打完鱼，现在是在树上晾晒渔网和渔兜的时候。可他们都没干正事，却围着一个小小的洗衣盆在大声争论，吵吵闹闹。我们也好奇地凑过去看，发现洗衣盆里确实有东西：是一条巨大的史前鲇鱼。它长着像旗鱼一样魔鬼般的下颌，和普通的鲇鱼一点儿都不一样，怪异极了，简直像来自另一世界的生物。

“这是我见过的最古怪的鱼，”我兴奋地说，“我出一美元，你们把它卖给我吧?”渔夫们立刻答应了。

“你买这玩意儿到底想干啥?”大小子不解地问我。

“你就别管了，我自有办法，说不定咱们还能靠它发大财呢。”

我和大小子回到家里，坐在门廊上等渔夫们送鱼上门，这时妮尔来了，见我们东张西望，就问："你俩在等啥?"

"等发财呗，杜鲁说要带着咱们发大财。"

"真的吗？怎么发财?"妮尔很感兴趣。

就在这时，一辆带着拖车的小货车载着那条鱼朝家的方向开来，我指着货车回答："就靠那宝贝发财。"

货车到达门口，两个渔夫抬着洗衣盆按我的要求走到院子的小池塘边，那是珍妮养小金鱼的池塘。"把鱼倒进去。"我指挥渔夫。

当妮尔看见洗衣盆里的怪鱼时，吓得一蹦三丈高，大声尖叫："我的老天呀！这是什么鬼东西?"

怪鱼从洗衣盆里滑进池塘后就开始慢慢游起来，把别的金鱼吓得四处逃窜。我得意地回答："妮尔，这是世界上第八大奇迹——来自恐龙时代的鲇鱼！"

说完这话，我们三个都盯着怪鱼看，它奇丑无比，从没见过长得这么丑的鱼。"谁要来看它，就得掏五分钱买门票，我敢打赌，他们肯定会排长队来看的。"我扬扬得意地宣布自己的发财计划。

妮尔还在歪着脑袋观察怪鱼，这条海洋怪兽越游越慢，最后居然停下来不游了。"我觉得它死了。"妮尔大声提醒我。

我赶紧拿根木棍捅捅它，这怪兽翻了个身，肚皮朝上！

“真是太讨厌啦！我还为它花了一个美元呢。”

我很不甘心，索性坐下来，在池塘边想了好久。突然，脑海里又冒出了一个新主意，得意地大喊起来：“哈哈，我又有主意啦。”

我跑到工作间找来几根铁丝和一块旧砖头：“抓住那条鱼，好吗？”我吩咐大小子。

“我可不敢碰那玩意儿。”他一口拒绝。

“可你不抓住它的话，我怎么拿铁丝固定它呢？”我气恼地喊。

“我来抓。”妮尔自告奋勇，每次只要和男孩子比赛，她总会抢先。她跪在池塘边，正要伸手去抓，突然又停下来。

“怎么啦？连你也害怕啦？”大小子幸灾乐祸地问。

她冲他扮了个鬼脸，把手伸进池塘，揪住怪鱼的尾巴，“哎呀，它真恶心，”她拎着鱼一转身，差点就把死鱼甩到大小子的脸上，还不怀好意地说，“来，我是条美人鱼，快来亲我一口！”

大小子吓得往后一闪，为了避开她手里的死鱼，飞快地跑到池塘的另一头，躲了起来。妮尔哈哈大笑，不肯放过他，拎着鱼来追他。

他俩一个逃，一个追，绕着池塘跑了好几圈，妮尔跑累了，便停下来问我：“它都臭了，你打算拿它怎么办？”

我用铁丝穿过它的内脏，再把铁丝的另一头绑到砖头上去，这样死鱼就被固定住了。我们小心翼翼地把连着鱼，砖头和铁丝的一整套东西放回池塘里，怪鱼肚皮朝下，被固定好好的，像活的一样。

“但它不能游。”妮尔说。

我把手伸进池塘，拨了几下水，水面立刻形成了几道涟漪，看上去就像怪鱼在游动一样。我得意地问她：“怎么样，现在能游了吧?”

“嗯，还行吧。可如果我们要收参观门票的话，还得再来几样稀奇古怪的东西。”

一听她的建议，我的脑子立刻像脱缰的野马一样飞快地跑起来：“没错，只需要再来几样稀奇古怪的东西，我们可以办一个狂欢节助兴展啦，就像我们经常在游乐场里看到的那些展览一样。”

“海恩斯医生有一个猪胎儿标本，泡在一个罐子里，就在他的办公室里放着。”

大小子马上出点子。

“哇，太棒了！”我兴奋地说，“我们可以为它编个故事，比如在月圆之夜，它会复活，会在田野里四处闲荡，到处找吃的。”

妮尔听得直翻白眼，没好气地说：“连这样的故事都能编出来，你干脆搞一只双头鸡来算了。”

她的话让我豁然开朗。我激动地宣布：“妮尔·哈珀，这是我认识你以来，你出的最棒的主意!”

妮尔扮着鬼脸问我：“问题是你从哪儿能搞来一只双头鸡呢?”

我知道苏克和小家伙打算明天晚上烧一只鸡，便说：“小家伙烧鸡的时候，我去问她要鸡头，然后把鸡头粘在另一只活鸡的脖子上，不就完美了吗？到时候我们还可以让小家伙来拉手风琴，由我来当主持人，这么精彩的展览，只要一毛钱门票，小孩子们都愿意来看，绝对没错!”

“看来你从你爸那儿学了不少啊。”妮尔哧哧地笑着讽刺我。

“听我说，巴德不是从他爸爸那儿继承了一把宝剑吗？据说那宝剑是内战时南方军队用过的，我们可以把宝剑也拿出来展览一下。”大小子又开始想点子。

“好主意，他还有一把手枪呢，内战时他爸爸从一个北方佬手里偷来的，”我得意地总结，“这将是令人难忘的展览，绝对物超所值!”

两天后，我们把一切展品准备妥当，非常顺利，只是做两头鸡的时候有点麻烦，需要用到很多胶水和铁丝，而且那只鸡也很不配合，不肯把第二个脑袋好好顶在脖子上。问海恩斯医生借猪胎儿标本倒很容易，妮尔和大小子把展览的广告牌也做好了，还在整个县城里卖力地宣传。

到了展览开幕式那天，孩子们在门口排起了长龙，等着入场看展览。我们很快就要发大财啦！但我不知道今天牧师布雷克一家要来拜访我们。牧师为人很严肃，他妻子是社区里的活动积极分子。珍妮过来找我去见他们，看到了我们在搞的展览，马上就发火了，劈头盖脸地训我：

“杜鲁，难道你忘了今天牧师他们一家要来看我们吗？赶紧让你的朋友们回家去，别在这里瞎胡闹！”

“可是珍妮，他们都是付钱来看展览的，我们已经挣了不少了。”我边说边举着收到的门票钱给她看。

可她却只注意到小家伙穿着节日礼服，在拉手风琴，便气恼地喊：“小家伙，你怎么不在厨房和苏克一起干活？”

“今天上午的活我已经干完了，珍妮小姐，我就只拉一首曲子，”她恳求道，“您明白的，这都是为了孩子们。”

这时候，牧师和他可爱的家人正在我们家里闲逛，正好逛到了后院，马上看到院子里一派热闹的景象。他看到我们自己做的一幅广告牌，就随口问：“狂欢节？真不错，我们全家都喜欢看展览，对吧，太太？”

布雷克太太紧闭嘴巴，不以为然地哼了一声：“如果展品够体面，不像游乐场的展览一样乱七八糟的话，还可以看一眼。”

“当然体面，他们只是小孩子，”小家伙赶紧解释，“展览就是搞着玩玩的。”

虽然展览没被取消，但发生的事情却远远超出了我的预料。

首先，牧师很不高兴，因为我们收了他全家一人一毛钱的门票费。我却很开心，一想到他每次喊我们去教堂听布道，自己却脚底抹油，偷偷开溜，我就觉得很解气。再说了，既然是做生意，该收的钱还是要收的，这难道有什么不对吗？

小家伙开始尽职尽责地表演起来，拉着古老的手风琴，唱着南方蓝调歌曲，很快就自我陶醉了。我觉得布雷克太太对她唱的歌有点反感，因为歌词很粗俗，她听得直皱眉头。可布雷克先生好像很喜欢听。

他们慢慢走到池塘边，我为那条来自恐龙时代的鲇鱼编了一个天花乱坠的故事，说远古时代寒潮来临时它被冻死在冰块里，过了几万年，现在又死而复活了。故事虽然精彩，可问题是这条鱼真的死了，因为其他金鱼已经开始游过来啃它的身体了。布雷克太太被眼前的一幕吓得够呛，但她的孩子们却看得兴高采烈，还咯咯笑个不停。

我赶紧把他们引开，带他们去看猪胎儿标本和双头鸡。刚开始时，他们对两个脑袋的鸡感到很好奇，全家人都看得很入迷，可没过一会儿，布雷克太太就发现事情不对，“那鸡的第二个脑袋好像……掉下来啦？”

脖子上硬是被粘了另一个脑袋，这只鸡感到很不舒服，一直转动着真正的脑袋去啄那个假脑袋，终于被它啄到了，这个假脑袋以奇特的角度耷拉在脖子下面。吓得我赶紧转移她的注意力，引他们全家去看装着小猪标本的罐子。为了增加戏剧效果，我们还特意在罐子上盖一条毛巾。“接下来的奇迹就是——”我边喊边扯下毛巾。

还没等我把话说完，布雷克太太发出一声恐怖的尖叫，声音大得吓人，把我的耳朵都震得嗡嗡作响。“他们居然展览一个死去的胎儿！他们居然敢展览死婴！”她不断大声尖叫，把我们都吓呆了。

我想让她平静下来，便端起罐子向她解释，标本不是死去的人，而是死去的猪。她看我拿着罐子凑过来，惊恐地跳起来往后一躲，正好撞倒了双头鸡的展台。“双头鸡逃跑啦！”她儿子也大声尖叫起来，“快来抓双头鸡呀！”

场面一下子变得混乱不堪，不可收拾。大伙儿抢着抓鸡，小家伙的裙子不知道被什么钩了一下，刺啦一声，整个撕破了，一下子露出了贴身内衣。布雷克先生看到她这副模样，吓得往后一退，正好退到内战时用过的宝剑头上。尖尖的剑头把他戳得惨叫了一声：“噢，我的上帝！”他一下子站不稳往后一仰，跌进了金鱼池里。

布雷克太太快要吓晕过去了，为了站稳，她跌跌撞撞地往身旁的长凳上靠，而长凳上正好放着小猪标本的罐子，被她这一靠，长凳一歪，玻璃罐往地上一滑，摔得粉碎，圆滚滚的猪尸体滚了出来，正好滚到她的脚边，这下她真的吓晕过去了。

我，妮尔和大小子呆呆地站着，愣愣地看着眼前发生的一幕，不敢相信自己的眼睛，直到两声枪响，才回过神来。我们循着枪声跑到前门的马路上，看到警长法瑞士呆呆地站在那里，手里的枪还在冒着烟。他一看到我们就嚷起来：“你们看到了吗？我刚才开枪打到一只双头鸡！我觉得已经打到它的脑袋了，但它居然还能跑！”

那天晚上，珍妮正式宣布，彻底关闭我们的狂欢节助兴展。

我和杜鲁的初次相见

A. C.曾经对我说："妮尔，门罗维尔是我们的家园。我们在这里出生，长大，结婚，去世，从来都没想过要离开这里。"我觉得这就是杜鲁与众不同的原因，因为只有他从一开始到这里来就是个外地人。他来自另一个州的另一个城市，说话的口音和我们不一样，言行举止也和我们很不一样。总而言之，只要能想得到的地方，他都和我们不一样。那时候的我也和县里的其他孩子不一样，就是因为这个不一样，我俩后来才会这么要好吧。

第一次看到杜鲁的时候，我觉得他简直就是个瓷娃娃，一摔就碎的那种。第一次见他是好几年前的事了，他家人带着他来走亲戚，看珍妮小姐。

珍妮小姐品味高雅，长得也好看。她总是从很远的地方订购很多很稀奇很珍贵的东西，都是我们这里没有的。所以当我看到一个漂亮的洋娃娃坐在她家门廊的藤椅上，穿着一件白色的小西服，配着一条白短裤，还系着条纹领带，我就以为这是珍妮小姐新买的玩具。它长着一头柔软的浅金色头发，在阳光的照射下，几乎变成白色了。它看上去就像真的一样，我当时就想着要拿着它去吓唬我姐姐大熊。

可它突然大哭起来，把我吓了一大跳。

珍妮小姐和她的表妹莉莉梅不知道为什么突然吵了起来，两个人都吼得很大声，在我家都能听到她俩争吵的每一句话。她俩越吵越凶，我从没见过珍妮小姐发这么大的火。这时候，瓷娃娃突然大声哭起来，哭得声嘶力竭，上气不接下气。那时候我可能只有三岁，直到现在我还能记得瓷娃娃大声哭号时的模样，原来它是个真娃娃，我简直惊呆了。我妈妈很讨厌噪音，因为那会让她神经紧张，她过来把我拽进屋里，关上门窗。

“那孩子是谁，妈妈?”

“是莉莉梅的孩子，吵死了!”莉莉梅住在新奥尔良，每次她到门罗维尔来总要引起一阵轰动，因为她总是花枝招展，把自己打扮得像电影明星一样。如果她没有引起人们足够的重视，就会想办法挑起事端，和亲戚们吵上一架，这样县里的每一个人都会注意到她。她在隔壁大吵大闹，她的孩子在拼命哭号，我妈妈无法忍受这样的噪音，就开始坐下来弹钢琴。为了掩盖屋外的吵闹，她把钢琴弹得尽可能响。于是我的耳朵里就充斥着高亢的琴声，大人的吵闹声和孩子的哭号声，最后我实在受不了了，就到爸爸的书房里躲了起来，直到外面变得安静下来。

那天以后，很长一段时间内我都没看到或听到那个孩子的任何消息。

大概过了一年以后，一辆巨大的豪华敞篷车停在我们门口的马路上，我又看到那个洋娃娃一样的孩子了，这次他穿着一身小小的水手服。莉莉梅和她丈夫也打扮得异常时髦，他们从豪车上趾高气扬地跳下来，感觉整个世界都是属于他们一家的。见到他们，珍妮小姐不太高兴，这儿的人都不太愿意大城市的人来门罗维尔。那时候的我已经穿着背带裤，光着脚丫到处跑了。可能相比我这样的假小子，我妈妈更喜欢他那样的瓷娃娃，但我知道她也和珍妮小姐一样，受不了他们一家。

大人们都进屋去了，把这个孩子一个人留在后院，四处闲逛。说实话，上次我见到他的时候，以为是个小女孩，现在看到他，我已经不能确定他是男孩还是女孩了。这孩子好像很担心把自己的白皮鞋弄脏，一直小心翼翼地溜达着，直到他看到珍妮小姐的骨头篱笆，一下子惊呆了，愣在那里，一动不动。我得承认，那篱笆连我都很害怕，因为它是真的动物骨头搭的。珍妮小姐为什么要用这么可怕的动物骨头来搭篱笆，我从来不知道原因，也不敢靠近那道篱笆，总是离它远远的。

我记得自己坐在那儿，看着那个小水手一步一步地朝骨头篱笆挪过去。终于那孩子的手碰到了篱笆，他的脸上先现出一个大大的笑容，接着就咧开嘴开心地咯咯笑起来。那孩子摸着篱笆上的骨头不肯放手，好像还在不停地摆弄它们。直到莉莉梅从屋里走出来，对着他喊了一声："杜鲁！"

杜鲁？怎么会有这么奇怪的名字？还没等我琢磨出来这名字的古怪之处，就看见他被叫声吓得脚一滑，摔倒在篱笆上，一下子撞飞了好几块动物骨头。这道篱笆墙本来就是一块块骨头搭起来的，抽掉其中的任何一块，其余的就会马上散架，就像衣服的线头一样，一拉就松掉一大片。

看到自己闯了祸，那孩子吓得连脸色都变了。他又惊又怕，马上收拾起地上的骨头来，企图把它们放回原处。但他越想放好，塌下来的骨头却越多。看着他手忙脚乱，惊恐万分的样子，我觉得很好笑，忍不住哧哧笑起来，笑声越来越响，那孩子终于看到我了。如果目光能杀人的话，我早就被他杀死了，他站在那里狠狠地瞪着我，双手插在屁股口袋里，下巴冲我伸着，龇牙咧嘴，像一只发怒的斗牛犬。看到他这副怪样，我忍不住哈哈大笑起来，他那样子实在太好玩了，可惜这只斗牛犬少了两颗大门牙。

"杜鲁！"他妈妈又冲他喊了一声，等她走到院子里，才看清眼前的一切。孩子雪白的水手服脏得一塌糊涂，珍妮视若珍宝的骨头篱笆东倒西歪，摇摇欲坠。而她的孩子正坐在地上，手足无措。她的脸色一沉，马上要发火了，还没等她说话，那孩子就发起抖来，浑身抖得像火山爆发一样，一张小脸憋得通红，两只眼睛眼泪汪汪，蓄满了泪水，就像暴雨中的大坝，只要一开闸门，洪水立刻就冲泄下来。就在那时，我看到他的小嘴一张，发出了一声异常洪亮的号哭，声音大得令人难以置信，都可以传到县中心的法院里去。

一看到儿子哭了，莉莉梅马上收起生气的表情，开始好言好语地哄起他来。为了不让他哭，她像哄王子一样哄他。我听到那孩子正在对他妈妈编一个弥天大谎——“就是那个穿着背带裤光着脚丫的小男孩推我的，他把我推到了篱笆上!”那孩子的嗓门特别尖，听上去很怪。

直到那时我才意识到他告状的那个小男孩就是我!

这个可恶的小矮子！我不敢骂出声，还被吓得往下一蹲，躲在灌木丛后面。透过眼前的树叶，我看到莉莉梅抱着她的孩子转身回屋，就在母子俩进门之前，我看见那个小矮子吐着舌头，冲我扮了个鬼脸，一脸开心地嘲笑我，就像我刚才嘲笑他一样。

从那时起，我就意识到这孩子比我们这里绝大部分孩子都要聪明得多。

通往门罗维尔之路

在我出生后的几年内，我的爸爸，阿库勒斯·波森斯从来不工作，因为我奶奶给他留下很大一笔遗产，我们就靠奶奶的钱生活。但为了讨好我妈，他把钱都用来买各式各样稀奇古怪的名牌汽车。奶奶的钱花光以后，他终于找到一份真正的工作，还忙着制订各种微不足道的发财计划。为了发财，他得外出好几个礼拜，但我妈妈不愿意，因为她不想一个人照顾我。她总是说："杜鲁，你让我觉得自己好老。我还年轻，也还漂亮，我可不想被你这样的娃娃拖后腿，我要享受属于自己的生活。"他俩因为这事吵个不停，最后妈妈冲着爸爸嚷，说她很后悔遇见他，更后悔和他生了孩子。

她说完后，爸爸一声不吭，第二天就带着我和他一起出发了。

我们来到绰号叫大泥潭的密西西比河边上，我们面前停着一艘大船，一艘在密西西比河上开的大游轮。船上有一个划水的桨轮和两个高高的大烟囱，就跟马克·吐温写的著名小说《哈克·贝利历险记》里的轮船长得一模一样。轮船的侧面刷着我的中间名：史崔克福斯，原来这是史崔克福斯轮船公司的船。

"我用轮船公司的名字给咱们取了个中间名，儿子，"爸爸对我说，"当我告诉老板史崔克福斯先生我的中间名时，他当场雇用了我，还让我当船上的乘务长。他说：'只要是叫史崔克福斯的，和我都是一家人。'"

这艘游轮在密西西比河上来回开，往返于新奥尔良市和圣路易斯市。爸爸怕我整天没事干会调皮，给他惹麻烦，就给我也找了个活干。以前他当过表演节目主持人，所以就让我在甲板上来回溜达，给乘客们表演踢踏舞。他让我穿上小小的水手服跳舞，一个经常咧嘴笑所以绰号叫大嘴的黑人给我吹喇叭伴奏，我经常跳得上气不接下气，我的小心脏都快跳得蹦出来了。我俩很卖力地表演，乘客们都很喜欢我，纷纷给我们扔钱。

跳舞让我挣了不少钱，即使爸爸抽走了一部分，我还能剩下好多，回家的时候，我感觉自己很有钱。我们去了一家礼品店，想给妈妈买点儿礼物。但店里有样东西一下子让我入迷了。它是我见过的最神奇的东西，就挂在商店前排的橱窗里，是一辆绿色的福特牌儿童飞机，还带着红色的螺旋桨，看上去漂亮极了！大小正好够我坐进去，实际上就是一辆大号儿童三轮车，多了两个翅膀而已。

“你可以为自己挑个礼物。”爸爸对我说。我被那架飞机迷住了，它看上去就像那位飞越大西洋的幸运儿林白开的飞机，和他的“圣路易斯精神”号一样神气漂亮。

一听到爸爸的话，我马上指着飞机说：“就要那个。”

可爸爸说那架飞机太贵了，不肯给我买，我对着他又撒娇又耍赖，可他坚持说实在太贵了，我们买不起。

我只能放弃飞机，转而要求买只小狗。我们到处找卖小狗的宠物店，可天气又热又闷，找了大半天，还是没有找到，我们已经累得走不动路了，正好附近有家帽子店，看来我只能买顶帽子当礼物了。

这家店很像表姐珍妮开的帽子店，爸爸一直很喜欢戴巴拿马草帽，他给我也挑了一顶。这顶帽子帽檐耷拉着，可以把它拉下来遮住眼睛，感觉就像酷酷的侦探一样。我们回到新奥尔良的家里，妈妈一见我头上的帽子，立刻发起火来，数落爸爸，说她一点儿也不喜欢我的帽子，说这帽子完全不合她的品味，还威胁着要把帽子烧了。可我却很喜欢它。

回家没多久，我就又出发了，这次是去门罗维尔县，妈妈所有的亲戚都住在那儿，尤其是我的四个远房表亲，他们还住在同一幢房子里。我坚持要戴着帽子上路。

在路上，爸爸和妈妈为了钱吵个不停。妈妈希望像女王一样奢侈地生活，可爸爸为了她的高消费经常破产，但每次他总会再想出一个发财的点子，说会让我和妈妈过上好日子。这次他又在那里想馊主意，说要和一个名叫乔的印地安人合作，一起发大财。我无意中听到他打电话给对方，说不用担心，说我们车上坐着一个小孩，警察是不会让我们靠边停车，接受检查的。

我好奇地问妈妈："爸爸怎么能发大财呀？要是真发了财，我们汽车的后备厢能装下这么多钱吗？"妈妈没有回答，脸色阴沉沉的。到了门罗维尔，我的大表姐苏克把我抱在膝上，捂着我的耳朵，为了不让我听见爸爸妈妈有史以来最激烈的争吵。他们的吵闹声给整个家里都蒙上了一层阴影。

接下来我能看到的，就是妈妈怒气冲冲地甩门而去，爸爸也紧跟着冲出大门，他俩把我一个人孤零零地留在那里。那天晚上，苏克一直抱着我，哄我睡觉，直到我的泪水浸湿了她的睡袍，她只能去换衣服，穿着白天穿的格子棉裙睡觉。

我的另一个表姐珍妮，年纪大得都可以做我的奶奶了，她也对我爸妈只顾着吵架，扔下我不管十分生气。第二天早上，她看到我哭肿了双眼，一副可怜兮兮的模样，便来安慰我，对我说："别伤心，这样的妈妈，根本不配你对她的爱。”

时间过得飞快，转眼到了第二个礼拜。只要我醒着，苏克都会寸步不离地陪着我。我陪她做饭，陪她走很远的路去树林里采草药和蘑菇。我们还躲在阁楼上，剪杂志上最漂亮的图片，来装饰我们做的风筝。如果天气特别好，她会把我抱在膝盖上，让我尝一口她自己做的莴苣咖啡，吃点儿黄油煎的豆子，边吃边看滑稽故事，有时候我们还会把故事大声读出来。每次她总是从“小孤儿安妮”那个故事开始读起。

刚来这里的头几个月最孤单最可怕，幸亏有苏克陪着我，她是我最好的朋友。她总能想出点子来打发漫长无聊的时间，尤其是夏天那几个月，简直热得要脱一层皮，要是没有她，我都不知道该干什么了。珍妮表姐很讨厌苍蝇从门廊飞进家里来，苏克说服她，只要我俩打死二十只苍蝇，她就给我们一分钱。接下来，我和苏克进行了一场大屠杀，效率很高，值得研究苍蝇的昆虫学家们好好研究。才两个礼拜我们就挣到了将近十三块钱。这些钱足够我们去看五十场电影，还能剩点儿买糖吃呢。

在这里，除了苏克以外，我没有一个和我差不多大的朋友，直到我遇到了隔壁家的小男孩，后来才发现她原来是个小女孩。她叫妮尔，如果把她的名字倒过来读就是艾伦。

作者后记

杜鲁门·卡波特和妮尔·哈珀·李后来都成为20世纪美国最著名的作家。杜鲁门的代表作包括《蒂凡尼的早餐》《草竖琴》《圣诞回忆》《冷血》。其中《冷血》是一部侦探小说，1959年他和妮尔重新相逢，写下了这部代表作。到目前为止，妮尔只出版了一部作品，但她的《杀死一只知更鸟》已经成了文学经典，并使她荣获普利策奖，在全球有四千万本的销量。

《杀死一只知更鸟》和杜鲁门的其他一些短篇小说一样，都深受他俩早年在门罗维尔生活的影响。这个亚拉巴马州的小县城给他们带来了巨大的写作灵感，是他们创作的真实源泉。就像杜鲁门的姨妈玛丽·艾达曾经说的那样："他会把我们的真实生活加以夸张和扭曲，使它们比现实更富有戏剧性。”和他的小说一样，我这本书里的很多故事也都曾真实发生过，只不过我把它们重新梳理了一遍，并加以渲染和夸张，里面的故事以美国南方朴素的写作风格为主，同时具有一定的想象力和夸张性。有一条经验法则可以通用：如果描写的场面越奇特越难以置信，它就越接近现实生活。

1933年杜鲁门成功举办万圣节告别狂欢会之后，就搬到纽约和他妈妈莉莉梅以及她的第二任丈夫约瑟夫·卡波特一起居住。他的继父来自古巴，是一名商人，他收养了杜鲁门，并把他视如己出，可遗憾的是杜鲁门和他俩的关系都不好。因此后来他就被送到各个寄宿学校去学习（包括一家极其严格的军事学院）。到了1939年，他们一家搬到康涅狄格州住了一阵子。那里的一名英语老师发现杜鲁门有写作的天赋，就鼓励他写短篇小说和诗歌，并给学校的文学期刊和校园报纸投稿。

在离开门罗维尔的这些年里，杜鲁门一直把过去的生活当作现实的避难所，所以每年暑假都会回来和妮尔还有大小子待在一起，重新享受各种探险和乐趣。可惜后来他继父因为贪污（为了支付莉莉梅的过度挥霍），经济上出了问题，无力支付他的来回路费，杜鲁门也就无法经常回来看望老朋友了。

妮尔一直住在门罗维尔，她长成了一个独立坚强的大姑娘。上高中的时候，在英语老师的影响和指导下，她发现自己很喜欢英国文学，立志要成为美国南方的知名大作家，要像英国女作家简·奥斯汀一样世界闻名。与此同时，杜鲁门也在勤奋地写作，他的故事大多描述门罗维尔的美好生活，只有通过这种方式，他才能从残酷的现实中摆脱出来。他决定不去上大学，在《纽约客》杂志社打了一阵子零工之后，他开始在各类文学期刊上发表自己的短篇小说。因为优雅精致的写作风格，他很快得到了文学界的承认和肯定。

高中毕业后，妮尔考上法学院，开始学习法律。1948年，杜鲁门发表了他的第一部作品《其他声音，其他房间》，广受好评，其中的女主人公伊达贝尔是个假小子，是以妮尔为原型写的。妮尔深受杜鲁门的鼓舞，于是从法学院退学，也开始从事专业写作。

第二年，妮尔搬到纽约，当了一名机票预订代理，同时不断写作，继续追求自己的作家梦。在这个大城市里，杜鲁门是她唯一的朋友。在他的引荐下，她认识了布朗斯夫妇。1956年，这对夫妻资助了妮尔整整一年，她可以不去工作，专心写自己的第一部小说，这部小说就是后来扬名世界的经典作品《杀死一只知更鸟》，其中的男主角迪尔是以杜鲁门为原型写的。

到了1959年，就在妮尔的第一部小说发表之前，她陪杜鲁门去了堪萨斯州。在那里，杜鲁门开始创作一种新型文体——非虚构小说，他的作品名字叫《冷血》。有妮尔陪伴左右，他就像回到了童年时代一样，两个人凑在一起，侦破小镇的谋杀案。事后妮尔回忆他俩的这段生活："他被这桩案件迷住了，我也一样，我俩深陷其中，不可自拔，这是两个灵魂在内心深处的彼此呼应。"

1961年妮尔荣获普利策奖，杜鲁门因为《冷血》这部非虚构小说写作时间过长，且反映的主题过于黑暗而备感受挫。而此时妮尔却声名鹊起，因此他对妮尔颇为嫉妒。尽管妮尔大获成功，也日益富有，但三年后她仍和杜鲁门一起返回堪萨斯州陪他构思情节，小镇谋杀案即将侦破，他的小说也即将结尾。1966年这部小说终于出版，妮尔对这部作品做出了巨大的帮助和贡献，杜鲁门理应在作者序言中承认和感谢她的付出，然而他并没有这么做，只提到她做了不少"秘书工作"，在记录和打字方面给予他一定的帮助。这让妮尔感到万分震惊，同时也非常失望，尽管他们的作品都成为20世纪60年代的代表作，被译成多国文字，全球畅销，还被改编成知名电影，但他们彼此间的关系却日益冷淡，多年的友谊也随之破裂。杜鲁门的《冷血》并没有获得普利策奖，许多文学评论者也预测了这一结果。

据杜鲁门自己回忆，写《冷血》这部阴暗作品给他带来巨大的心理压力和创伤，以至于后来再也无法重获写作的愉快感受，他只能放弃写作事业。而妮尔则因为第一部代表作的轰动效应，疲于应付媒体对其小说的猛烈宣传和过分关注，再也无法成功写出第二部作品。由于多年的酗酒经历，杜鲁门身患肝癌于1984年病逝。妮尔在写完《杀死一只知更鸟》后，便有意躲开媒体的关注，在公众视线中消失多年，现在住在门罗维尔一家养老院里。她先前丢失的手稿《去做一个看门人》被重新发现，成了她的第二部也是最后一部小说。在这本小说中，她再次回顾了自己和杜鲁门的童年生活，给这一美国文学的幕后故事写了合适的结尾：

> 我们只能自己设计剧本，自己找东西玩。那时候我们很穷，大伙儿都很穷。我们没钱买玩具，也没人为我们做玩具，所以大部分时候我们只能活在自己的想象世界里。我们编造故事情节，并把它们写下来，而我们自己就成了这些故事的第一批读者。我们会把书上看到的任何故事改编成适合在后院演出的一台大戏。你们小时候难道没演过自己改编的《人猿泰山》吗？难道没有在树林里跋涉，模仿盖茨堡战役和小伙伴们打过仗吗？这些我们都做过。我们曾经待在高高的树屋里，在栋树浓密的枝条间探索过整个世界，孩提时的你们有过这样的经历吗？
>
> ——妮尔·哈珀·李

后 记

我开始上学识字的时候，杜鲁和妮尔已经如饥似渴地读《夏洛克·福尔摩斯侦探系列》了。我们三个经常爬到妮尔的树屋里，蜷成一团，每人捧一本书看。杜鲁和妮尔时不时停下来，大声朗读书中的一些精彩片段。我们会一起猜书里的情节，接下来会发生什么事，到底谁是真正的凶手。有时候杜鲁会叫我“探长”，叫妮尔“华生”。

——詹宁斯·福尔克·卡特（“大小子”）

很多作家会采用纪实性自传体来撰写名人故事。大多数情况下，这种自传会变成维基百科类的说明文，以时间顺序罗列这一人物生命中的一系列重要事件。但在本书中我选择了另一种方式来撰写人物传记：用小说的形式记录两位伟大作家妮尔·哈珀·李和杜鲁门·卡波特生命中的精彩瞬间。

这两位文学巨匠居然是隔壁邻居，而且在种族隔离制度盛行的年代，他们在南方偏僻落后的小县城里一起长大，这一事实一直吸引着我。当时他们和别的孩子都玩不到一起，只能相互做伴，两人还有共同的爱好，都喜欢看侦探小说。有时候他们还会假扮福尔摩斯和华生，一起侦查小县城里发生的种种神秘事件，这些经历都被妮尔写进了她的传世名作《杀死一只知更鸟》里。这一事实强烈地吸引着我，我也想以小说的形式来讲述他们的孩提时代。因为他们所处的那个年代，住过的小县城，城里的各种人物都太丰富，太奇特，太多姿多彩了，只有小说才能表现当时的一切。从这个角度来说，小说就是现实生活的翻版。

当然，这部小说的撰写离不开詹宁斯·福尔克·卡特（大小子）的口述，他的口述全部记录在玛丽安·M. 莫斯的作品《杜鲁门·卡波特的南部时光》（阿拉巴马大学出版社，1989）一书中。本书还参考了杜鲁门最喜爱的阿姨玛丽·路德斯蒂尔和詹姆斯·C. 西蒙斯合作出版的回忆录《杜鲁门·卡波特魂牵梦萦的南方》（坎伯兰出版社，2000），里面记录了杜鲁的阿姨对南方生活的遥远回忆，这些回忆奇特而又生动。此外，本书还参考了杰罗德·克拉克、乔治·普林普顿和杰克·顿飞合作出版的有关杜鲁的自传，以及查尔斯·J. 施尔兹和凯莉·马登写的有关妮尔的自传。当然，还有其他各种文章和采访记录，在此不一一赘述，本人对上述所有文字材料的提供深表感谢，没有这些写作素材，我是无法完成此书的。

与此同时，本人要对演员菲利普·塞默·霍夫曼致以特殊的敬意。因为他的离奇去世让我下定决心，开始撰写本书。与他的众多影迷一样，在他离世后，我开始重新观看他的系列电影，第一部就是奥斯卡获奖影片《卡波特》，他在片中饰演主角杜鲁门，精湛的演技为他赢得了奥斯卡奖。看了这部影片后，我才发现杜鲁门和哈珀·李原来是发小，他们从小在一起长大，成年后居然都成了著名作家。我对他们的成长经历深感好奇，开始在网上搜索他们的童年生活，随着研究的进一步深入，我发现他们当时生活的美国南方小县城，非常偏僻落后，有很多有趣且引人深思的逸事。但到目前为止，居然没有人为孩子们详细记录他们年少时的友谊，这一点令我深感遗憾，因为他们真实的人生经历极其生动有趣，极富人性的悲哀和浪漫，只要稍加接触，相信大家都会和我一样，对他们的人生会深深着迷。

万分感谢詹妮弗·福克斯，她不仅是我的挚友和前任编辑，也是我的幸运星。我写的故事，只要她喜欢，就能畅销，这次应该也不例外，她很看好这本书，她的眼光向来准确。

感谢我的责任编辑特罗茜·罗。因为她的认真努力，此书避免了很多拼写错误，可读性更强。同样感谢以插画师萨拉·华兹为首的HMH设计小组，感谢他们的精心设计，让本书的排版变得更为精彩。衷心感谢纽约公共图书馆档案室的工作人员查尔斯·J. 施尔兹和泰尔·耐登以及在此处找到的有关杜鲁门·卡波特的史料档案。感谢杜鲁门·卡波特文学基金会执行理事艾伦·U. 施瓦兹，有了他们的帮助和指导，使我得以顺利完成本书的写作。

感谢我的代理商爱德华·尼卡萨尔姆，他的理解和支持对我十分重要，他没有认为我写此书是在做傻事，他本人也被书里的人物和情节深深吸引，不断督促和鼓励我早日完成写作。

感谢出版商茱莉亚·理查得森，对于本书的初稿，她起初并不认可，但经过仔细商谈后，我们发现彼此心意相通，能达成共识。在她的建议和指导下，我对初稿进行了进一步修改，得到了她和HMH设计小组的认可和支持，她对书中人物的喜爱，促成了本书的快速修订和顺利出版。

最后，如同我出版的每一部作品一样，我要对我的妻子麦琪和女儿左拉致以最诚挚的谢意。在她们的陪伴和关爱下，使我得以脚踏实地，认真写作，她们让我充分体会到什么才是生命中最重要的东西。没有她们，就没有我的一切。

最后的最后，谨以此书献给妮尔·哈珀·李[1]和去世的杜鲁门·卡波特，感谢他们给了我和无数读者最美妙的灵感和启迪。

① 妮尔·哈珀·李于2016年2月20日去世。——编者注